Märchen
aus der Sprache Paschai

zusammengestellt von M. A. Lamwal

übersetzt von Hakim Abdul

ISBN - 9783842339750
Alle Rechte und Copyrights beim Autor.
Nachdruck – auch auszugsweise – nicht gestattet.
Bilder: Hakim Abdul
Lektorat: H.A. und I.P.
Manuskriptbearbeitung: H.A.
Herstellung und Verlag: BoD-Books on Demand,
Norderstedt.
Erstausgabe: August 2006.

Books on Demand GmbH
In de Trapen 42
22484 Norderstedt
Tel.Zentrale: +49 40534335-0
Fax. +49 40534335-84
info@bod.de
www.bod.de

9 783842 339750

2

Inhalt

Bild: " Zyklopenblume"
50 x 70 cm, Mischtechnik auf Papier 8

Vorwort und Danksagung 9

Der Königssohn und die Elfe 12

Bild: "Graduation"
140 x 150 cm, Öl auf Leinwand 25

Der Sohn einer Witwe und sein Baum 26

Bild: "Die Geburt"
140 x150 cm, Öl auf Leinwand 29

Zwei Freunde 30

Bild: "Die Entdeckung"
80 x 120 cm, Öl auf Leinwand 35

Der Brillenvogel und die Schalpflanze 36

Bild: "Schrift - Mystik"
70 x 100 cm, Mischtechnik auf Leinwand 38

Zwei Schwestern. 39

Bild: "Elfentanz"
80 x 80 cm, Öl auf Leinwand. 43

Handbesen, Luftballon und Salzbrocken 44

Bild: "Selbstbildnis"
110 x 1500 cm, Öl auf Leinwand   45

Der Königssohn und die Hexe. 46

Bild: "Fantazia"
137 x 143 cm, Öl auf leinwand 55

Schakal, Hahn, Rebhuhn und Wiedehopf 56

Bild: "Devil of Ocean"
50 x 60 cm, Öl auf Leinwand 61

Die Stiefmutter und ihre Stiefkinder. 62

*Bild: "Freundschaft in Atmosphäre –
Darstellung lieber dumm als weise"
100 x 120 cm, Öl auf Leinwand* 67

Der König, seine sieben und Salz Töchter 68

*Bild: "Elfenbronne"
140 x 150 cm, Öl auf Leinwand*. 73

Der Jäger und die Hexe 74

*Bild: "Ostliche Liebe"
140 x 150 cm, Öl auf Leinwand*. 75

Sieben Schwestern 76

*Bild: "Burka und Engel"
140 x 150 cm Öl auf Leinwand*. 81

Der König und der Bettler 82

*Bild: "Kriegskönigin"
30 x 100 cm, Mischtechnik auf Leinwand* 85

Die Geschichte von Tschuncha 86

      Bild: " Dem Kleinen wird geholfen"
40 x 80 cm, Öl auf Leinwand. 93

Zwei Frauen 94

      Bild: "Albtraum"
140 x 150 cm, Öl auf Leinwand. 103

Der grausame König
und der ungläubige König. 104

      Bild: " Adonis & Angel "
140 x 160 cm, Acryl auf Papier 119

Der Kahlköpfige,
      der aus dem Jenseits zurück kam 120

      Bild: "Der Unsichtbare"
70 x 100 cm, Acryl auf Papier. 137

Kurze Information über die Spache Paschai .138

Vorwort

Anfang Juni 2002 habe ich in Zusammenarbeit mit UNICEF eine Kindermalaktion auf den Straßen der multilateralen Stadt Nürnberg organisiert, um Spenden für die Not leidenden Kinder dieser Welt zu sammeln. Den Kindern, die so begeistert mit Farben und Leinwand umgingen, hatte ich bei dieser Gelegenheit schon erzählt, dass ich eines Tages Märchen aus der Sprache Paschai ins Deutsche übertragen möchte und alle reagierten sehr interessiert und sagten sie wären sehr gespannt auf Geschichten, die man hierzulande noch nicht kennt. Sie hatten bei dieser Aktion auch die Gelegenheit, in einem Notizbuch ihre Wünsche für diese Welt oder ihre Grüße an die Kinder dieser Erde festzuhalten. Diese vielen, am Ende gefüllten, Seiten waren so rührend und inspirierend, dass ich mich tatsächlich bald daran machte, die Märchen, die von dem im Tal des Lichtes geboren Dichter M.A. Lamwal zusammengetragen wurden, ins Deutsche zu übersetzen. Manche der Märchen werden hoffentlich einige dieser Kinder erfreuen, manche anderen sind durch die harten, manchmal gar brutalen Sitten der damaligen Zeit, die darin beschrieben werden jedoch wohl eher für Erwachsene geeignet, die sich gerne mit Überlieferungen aus alten Zeiten beschäftigen. Machen Sie sich am besten selbst ein Bild darüber. Jetzt, da Sie dieses Buch in Händen halten, bin ich

Vielem zu Dank verpflichtet. Zuerst einmal der Atmosphäre der Stadt Nürnberg, die mir die Gelegenheit gegönnt hat, mich auf meine Weise zu integrieren, mich in Form meiner Arbeiten zu entdecken und zu verwirklichen. Dann all den Leuten, die mir Mut machten eine Veröffentlichung anzustreben. Natürlich den Kindern, die mich so inspirierten und dem Dichter M.A. Lamwal, der mir die Erlaubnis erteilte, seine Sammlung zu verwenden. Ganz besonders möchte ich den Menschen danken, die mich bei dieser Arbeit unterstützten. So vor allem Ilka P., die viel Zeit, Energie und Nerven investierte, um das von mir übersetzte Deutsch in ihrer Muttersprache in eine Harmonie zu bringen, die es Ihnen, liebe Leser, nun möglich macht, die hier vorliegenden Märchen mitsamt ihrer ureigenen "Seele" aufnehmen und verstehen zu können. Dies war alles andere als einfach und nur allzu oft mussten wir lange über einzelne Sätze oder gar einzelne Worte diskutieren, um die wahre Bedeutung in Deutscher Sprache überhaupt fassen zu können.

Obwohl meine Übersetzungsarbeit, nach meiner Auffassung, nur ein kleiner Tropfen im Ozean der Literatur ist, bin ich sicher, dass die Zusammenarbeit mit dieser liebevollen, intuitiven Frau, genau die richtige Entscheidung war. Dass nun genau die Emotionen wiedergegeben werden, die ich aus meinem Herzen heraus ausdrücken wollte und die ich als die originalgetreue Überlieferung begreife. Deswegen sehe ich durchaus auch einen literarischen Wert in der Übersetzung dieses Kulturerbes. Diese Arbeit ist aus der Tiefe meines Herzens, für alle Menschen dieser Welt, die Märchen aus der Sprache Paschai kennen lernen möchten, und - das möchte ich betonen - fern jeder Religion oder Politik.

In Nürnberg habe ich mich als Autodidakt jahrelang mit Pinsel und Farben beschäftigt und mit der Zeit einige Bilder geschaffen, die - vielleicht durch die gemeinsame Herkunft - auf irgendeine Weise den gleichen "Geist" zu haben scheinen, wie die hier vorliegenden Geschichten.. Damit auch Sie sich nun so gut wie möglich von diesem Buch berühren und inspirieren lassen können, möchte ich Ihnen am Ende mancher Märchen einige dieser Bilder zeigen. Ich hoffe, dass Sie liebe Leserinnen und Leser die Zusammenhänge erkennen können.

Hakim Abdul

Der Sohn des Königs und die Elfe

Es waren einmal, oder auch nicht, zwei Könige. Der eine davon hatte sieben Töchter, der andere sieben Söhne und mit der Zeit wurden die Kinder beider Herrscher erwachsen. Der König mit den Söhnen sammelte eines Tages seine Berater, Diener und Dienerinnen um sich und trug ihnen auf, sieben hübsche Geschenke zur Brautwerbung zu besorgen und dann eine Familie mit sieben erwachsenen Töchtern zu suchen, da er es an der Zeit fände seine Söhne zu verheiraten. Wie es das Schicksal wollte, hatte der König mit den sieben Töchtern zur gleichen Zeit die Idee seine Mädchen verheiraten zu wollen und auch er schickte seine Dienerschaft los, um Geschenke zu besorgen und eine Familie mit sieben Söhnen zu suchen. So machten sich also zwei Gruppen in zwei verschiedenen Königreichen zur gleichen Zeit auf den Weg, um die Wünsche ihrer Regenten zu erfüllen. Die beiden Gruppen bestanden aus Dienern und Gefolgsleuten und auch die Kinder der beiden Könige hatten sich der jeweiligen Gruppe, die ihre Hochzeit planen sollte, angeschlossen. So zogen sie quer durch das umliegende Land, kamen mal hierhin und mal dorthin, besuchten viele fremde Städte, bis sich die beiden Gruppen an einen Abend plötzlich gegenüber standen. Zufällig hatten beide Gruppen den gleichen Platz ausgewählt, um die Nacht zu verbringen. Man hatte angefangen zu essen, als die Leute der beiden Königreiche ins Gespräch kamen. "Seid gegrüßt", sagten sie zueinander. "Von woher kommt ihr und was führt euch hierher?" So erzählte man sich die Gründe für die lange Reise, alle waren erfreut über die schicksalhafte Begegnung und bald war man sich einig, dass die Suche ein Ende gefunden hatte. Glücklich tauschte man die Geschenke aus. Am nächsten Morgen machten sich alle auf den Weg, um in ihre jeweilige Heimat zurück zu kehren. Wieder zu Hause angekommen, erzählte man aufgeregt den Königen vom erfolgreichen Ausgang der Reise und beide Herrscher waren sehr zufrieden. Bald darauf hatte der König zusammen mit seinen sieben Söhnen die Hochzeitsvorbereitungen abgeschlossen und mitsamt ihrer Gefolgschaft und sieben reich verzierten Brautsänften machten sie sich auf den Weg in das Königreich der Bräute. Die sieben Söhne des Königs waren allesamt sehr gutaussehende und interessante Persönlichkeiten, aber vor allem der jüngste von ihnen hatte etwas ganz Besonderes an sich. Die Karawane kam gerade an den Rand einer Wüste, als der Abend dämmerte und man gezwungen war ein Lager aufzuschlagen um dort die Nacht zu verbringen. Alle waren nach der anstrengenden Reise in tiefen Schlaf gefallen und als das erste Morgenlicht sie weckte, sahen sie einen Drachen, dessen Körperlänge das gesamte Lager umkreiste, bis er seine

Schwanzspitze wieder im eigenen Maul hatte. Der König und sein Gefolge waren furchtbar erschrocken und fragten sich, in welche Schwierigkeiten sie nun hinein geraten waren. Als sie einen Fluchtweg suchten, griff der Drache an und die Menschen hatten keine Chance ihm zu entkommen. Da ging der König hilflos zu dem Drachen hin und sagte: "Lass' uns doch bitte gehen. Wir möchten doch nur die Bräute meiner Söhne abholen." Der Drache jedoch antwortete: "Ich lasse euch gehen, wenn du mir deinen jüngsten Sohn überlässt. Wenn du das nicht willst, kommt hier keiner von euch mehr heraus." Der König und auch alle anderen baten und flehten den Drachen noch lange an, um eine andere Lösung zu finden, aber der Drache ließ sich nicht erweichen, denn in Wirklichkeit war dieser Drache eine Elfe, die sich in den jüngsten Königssohn verliebt hatte. Der arme König war verzweifelt, aber er sagte sich, dass er eigentlich keine andere Wahl habe, wenn er die Hochzeiten durchführen wolle. So musste der jüngste Sohn bei dem Drachen bleiben. Als dann der König und sein restliches Gefolge sich schon ein gutes Stück von dem Lagerplatz entfernt hatten, verwandelte sich der Drache plötzlich in eine schöne, junge Frau, die auch gleich anfing den jungen Königssohn zu umgarnen. Der Prinz jedoch sagte: "Lass' mich doch gehen. Meine Hochzeit steht bevor und auch die meiner Brüder. Warum willst du diese Freude in Traurigkeit verwandeln?" Die junge Elfe antwortete: "Nun gut, ich lasse dich gehen, aber nur, wenn du ein paar Bedingungen erfüllst. Solltest du sie nicht erfüllen wollen, dann wird es dir schlecht ergehen." "Einverstanden", erwiderte der Königssohn, "sage mir welche Bedingungen du hast." Die Elfe lächelte und sagte: "Du darfst gehen, aber du darfst das Haus deines Schwiegervaters nicht betreten. Wenn du doch dazu gezwungen wirst, dann gehe hinein, aber dann darfst du dort nichts essen. Wenn du keine Möglichkeit siehst das zu vermeiden, dann esse, aber meine letzte Bedingung ist: Du darfst nicht in die Nähe deiner Braut kommen." Der Junge lief los und rannte so lange, bis er die Karawane seines Vaters einholte. Als der König seinen Sohn wieder sah, war er sehr glücklich und gemeinsam setzte man die Reise fort, bis sie ihr Ziel erreicht hatten. Voller Freude begann man dort die Festlichkeiten zu den Vermählungen und gegen Abend wurden die Prinzen ins Haus gebeten. Alle Söhne des Königs gingen hinein, nur der Jüngste wollte nicht, aber mit gutem Zureden und Bitten überredete man ihn doch. Die Prinzen und Prinzessinnen trafen sich in einem großen Raum, in dem Essen gereicht wurde, doch der jüngste Prinz wollte nichts essen. Natürlich wurde auch hier auf ihn eingeredet und zu guter Letzt musste er nachgeben und etwas von den Speisen probieren. Es war schon spät geworden, als die Prinzen sich mit ihren Ehefrauen in ihre Zimmer zurückzogen. Auch der jüngste Sohn des Königs musste dies wohl oder übel tun, denn er konnte ja niemanden von seinem Dilemma erzählen. Als seine Braut ihn bat zu ihr ins Bett zu kommen, blieb dem armen Jungen nichts anderes übrig als dem Wunsch zu folgen und abzuwarten, was passieren würde, doch schon als er sich neben seine Frau ins Bett legen wollte, erstarrte er plötzlich mitten in der Bewegung und blieb steif neben ihr liegen. Die Braut erschrak heftig und schrie um Hilfe. Besorgt versammelten sich die herbeigeeilten Leute der Hochzeitsgesellschaft um den Jungen, und sahen, dass kein Atem mehr durch seinen Leib strömte. Doch der junge Prinz war nicht tot, es war nur der Zauber der Elfe, der ihn in diesen Zustand verwandelt hatte. Da der Königssohn aber niemanden von den Bedingungen seiner Freilassung erzählt hatte, waren die anderen jetzt nur erstaunt und hilflos. Offensichtlich konnte niemand mehr etwas tun und so verbrachte man die Nacht traurig über diesen Schicksalsschlag. Am nächsten Morgen versammelte der Vater der Prinzen sein Gefolge um sich, rief auch die Braut des jüngsten Sohnes dazu und sagte zu ihr: "Mein Sohn ist tot. Ich möchte ihn mitnehmen und ihn in meinem Reich begraben. Was du tun möchtest soll deine eigene Entscheidung sein." Da erwiderte das Mädchen: "Was passiert ist war mein Schicksal. Ich möchte mit euch gehen und als die Witwe deines

Sohnes leben, bis ich selber sterbe." Da ließ der König alle seine Schwiegertöchter in die Brautsänften steigen, nahm auch seinen tot geglaubten Sohn mit und so setzte sich die Karawane wieder Richtung Heimat in Bewegung. Man wanderte lange und als die Nacht hereinbrach, schlug man ein Lager auf um auszuruhen. Als die Menschen am nächsten Morgen aufwachten, lag wieder ein Drache rund um das Lager ausgestreckt. Entsetzt ging der König zu ihm hin und sagte: "Bitte Drache, verschone uns. Wir möchten die Bräute und meinen toten Sohn nach Hause bringen." Der Drache antwortete: "Ich werde euch gehen lassen, aber nur unter der Bedingung, dass ihr den Verstorbenen bei mir lasst." So sehr die Menschen auch flehten das nicht zu verlangen, der Drache bestand auf seine Bedingung. Verzweifelt stand der König vor dem Drachen und wusste einfach nicht was er tun sollte, da fingen seine Berater an auf ihn einzureden: "Dein Sohn ist doch sowieso schon tot. Du musst nun an die Lebenden denken, die du in die Heimat bringen musst." Der König hatte keine andere Wahl und so befolgte er den Rat, ließ den Befehl geben mit der Karawane weiter zu ziehen und seinen Sohn zurück zu lassen. Als die Ehefrau des tot geglaubten Sohnes dies hörte, weigerte sie sich jedoch mitzukommen. "Ich bleibe hier. Soll der Drache mich doch fressen, aber ohne meinen Mann gehe ich nirgendwo hin." Der König, die Berater und auch die

Schwestern des Mädchens flehten sie an ihre Meinung zu ändern, aber die Prinzessin war nicht umzustimmen. So blieb sie in der Nähe des Drachens und dem Sarg ihres Mannes zurück. Als die Karawane sich entfernt hatte, verwandelte sich der Drache wieder in die Elfe zurück, die den Sarg aufhob und mit diesem weg ging. Die junge Ehefrau folgte ihr jedoch, bis sie an einen Wald kamen. Obwohl die Prinzessin von dem langen, schnellen Marsch vollkommen erschöpft war, wollte sie die Elfe nicht aus den Augen lassen um zu sehen, wohin diese den Sarg brachte. Die Elfe trug den Sarg, ohne auf ihre Umgebung zu achten in eine Höhle, öffnete ihn und verwandelte den erstarrten Prinzen wieder zurück in ein lebendes Wesen. Die Prinzessin kauerte derweil in einem Versteck, aus dem sie genau beobachten konnte was alles in der Höhle passierte. Nach einer Weile verzauberte die Elfe den Königssohn in einen Holzstock, legte ihn auf den Boden und verließ die Höhle. Schnell lief die Prinzessin in die Höhle, setzte sich neben den Stock und fühlte sich so hilflos, dass sie zu weinen begann. Als sie in ihrem Schmerz zärtlich über den Holzstock strich, verwandelte sich dieser plötzlich zurück in den Prinzen und als sie sich so nebeneinander sitzend fanden, umarmten sie sich überglücklich. Sie bemerkten nicht, dass in diesem Moment die Elfe zurückkam, die der Prinzessin einen wütenden Stoss versetzte und zu ihr sagte: "Du hast es also sogar bis hierher geschafft, aber es wird dir nichts nützen." Daraufhin verwandelte sie den jungen Prinzen in eine Blume, steckte sich diese zwischen ihre Brüste und flog davon. Die Prinzessin blieb traurig zurück in der Höhle und fragte sich, was sie jetzt tun solle. Aber letztendlich fasste sie einen Entschluss und sagte sich: "Was auch bisher passiert ist, es ist wohl mein Schicksal" und so lief sie in die Richtung in die die Elfe geflogen war. Tage und Nächte wanderte sie durch Wälder und Berge, ihre Kleidung war zerrissen, aber sie hatte keine andere Wahl. Eines Tages um die Mittagszeit kam sie wieder an den Rand eines Waldes und durchquerte ihn, bis sie an eine Quelle kam, deren Wasser seinen Weg über die Felsen fand, bis es sich in einen See sammelte. Die Umgebung an diesem Ort war wunderschön und strahlte eine ganz besondere, friedliche und beruhigende Stimmung aus. Müde wie das Mädchen war, wollte sie sich an diesem schönen Platz ein wenig ausruhen, aber gerade als sie sich hingelegt hatte, vernahm sie Schritte, die sich ihr näherten. "Wer oder was das auch immer ist, es wird zu dieser Quelle wollen" dachte sie sich und kletterte schnell auf einen Baum in dessen hohlen Stamm sie sich verstecken konnte. Sie verhielt sich so ruhig wie möglich und vernahm wieder die Schritte, die sich nun als die Geräusche vieler Füße auf dem weichen Waldboden ausmachen ließen. Es waren Elfen, die dort in

Richtung der Quelle kamen um schwimmen zu gehen und auch die Tochter des Elfenkönigs war dabei. Als sie das Wasser erreicht hatten, zogen sie sich ihre Kleider aus und badeten in dem See. Da steckte die Prinzessin den Kopf aus ihrem Versteck und schaute nach unten. In diesem Moment sah die Tochter des Elfenkönigs das Spiegelbild der Prinzessin auf der Wasseroberfläche und sie warnte die anderen Elfen: "Verhaltet euch ruhig, ich habe das Gesicht eines anderen Wesens gesehen." Dann rief sie in Richtung des Baumes: "Ob du ein körperliches Wesen bist, oder ein Geistwesen, du hast uns nackt gesehen, also zeige dich auch uns." Die Prinzessin rief zurück: "Ich bin ein Mensch, aber auch ich habe kaum noch ein Stück Stoff auf meinem Leib, was also soll ich denn tun?" Die Elfenprinzessin und einige ihrer Freundinnen benutzten einige Schals und Tücher, um schnell ein Gewand zu fertigen und die Prinzessin kletterte von ihrem Baum und zog es an. Die Elfen waren erfreut über den unerwarteten Besuch und fragten neugierig: "Wie und aus welcher Richtung bist du denn hierher gekommen?" Die Prinzessin seufzte: "Ach, fragt nicht. Aber wenn ihr es genau wissen wollt, kann ich euch die gesamte Geschichte erzählen." Und so fing sie an zu erzählen, von ihrer Hochzeit, über die Ereignisse in der Höhle, bis zu dem Moment, in dem die Elfe den Ehemann in eine Blume verwandelt hatte und davon geflogen war. Dann sagte sie: "Jetzt hat mich das

Schicksal zu euch geführt, aber was danach auf mich zukommt weiß ich nicht." Die Elfenprinzessin und ihre Freundinnen wurden sehr traurig bei dieser Erzählung und sie fragten das Mädchen: "Würdest du diese Frau wieder erkennen?" "Ich denke schon", antwortete die Prinzessin. Da sagte die Elfenprinzessin: "Mach' dir keine Sorgen, wir werden dir helfen. Ich werde dir jetzt eine Möglichkeit verraten, wie dein dringlichster Wunsch erfüllt werden kann." Bei diesen Worten war ein Funke des Glücks im Herzen der Prinzessin aufgeleuchtet, denn endlich fühlte sie, dass es eine Lösung gab und sie sich auf die Hilfe dieser Wesen verlassen konnte. Die Elfenprinzessin fuhr fort: "Also höre nun gut zu und bewahre dieses Geheimnis für dich: Mein Vater ist der König der Elfen und jeden Abend kommen verschiedene Elfen zu ihm, um vor ihm zu tanzen. Wenn der Tanz zu Ende ist, wird jede einzelne dieser Elfen nach ihrem Wunsch befragt und dieser Wunsch wird von meinem Vater erfüllt. Wir nehmen dich also mit und du beobachtest ein paar Tage lang die abendlichen Tänze, bis du die Frau wieder siehst, die deinen Mann verwandelt hat. Wenn sie dann unter den Anwesenden ist, wirst auch du tanzen und danach dem König deinen Wunsch vortragen. Denn nur mein Vater kann dir helfen bei so einer mächtigen Gegnerin." Sie taten wie sie es besprochen hatten. Das Mädchen ging mit den Elfen und wurde von allen freundlich behandelt, während sie mehrere Tage lang die Tänze beobachtete. Eines Abends dann sah sie schon von weitem die Elfe, auf die sie gewartet hatte und auch die Elfe bemerkte die Anwesenheit der Prinzessin, kümmerte sich aber nicht darum und schritt zu den anderen Elfen ohne das Mädchen zu beachten. In diesem Moment stand die Prinzessin auf und fing an vor dem König zu tanzen, als hinge ihr Leben davon ab. Der Elfenkönig war sehr erstaunt über diesen menschlichen Tanz, den er besonders interessant fand und als die Prinzessin ihren Tanz beendet hatte und vor ihm stand, sagte er: "Dein Tanz war wirklich außergewöhnlich, so sage mir nun deinen Wunsch." Die Prinzessin erwiderte: "Ich wünsche mir nicht viel von dir, nur die Blume, die diese Frau dort an der Brust trägt, möchte ich haben" und mit diesen Worten deutete sie auf die selbstsüchtige Elfe, die ihren Mann verwandelt hatte. Die Elfe wurde sehr ärgerlich und schrie: "Was willst du mit dieser Blume? Ich gebe sie dir nicht!" Der König aber befahl der Elfe die Blume sofort herzugeben und die Elfe wusste, dass sie keine andere Wahl hatte als zu gehorchen. Voller Wut riss sie die Blume von ihrer Brust und schleuderte sie vor die Füße des Mädchens. Dieses hob die Blume auf, küsste sie und sagte zum König: "Bitte sage ihr, dass sie mir diese Blume in ihrer wahren Gestalt zurück geben muss." Der König befahl der Elfe: "Also schnell, gib' ihr die Blume so, wie sie ursprünglich war." "Aber mein König", log die Elfe "es ist doch nur eine Blume, was soll ich schon daraus machen?" Da sagte die Prinzessin mit tränenerstickter Stimme zu dem Elfenkönig: "Bitte höre mir zu, ich habe dir etwas zu berichten." Und so erzählte sie die gesamte Geschichte von all den Schwierigkeiten durch die sie gehen musste und für die die selbstsüchtige Elfe verantwortlich war. Der König war entsetzt über das, was er da hörte und wütend fuhr er die Elfe an: "Sofort wirst du diese Blume in den Menschen zurück verwandeln, sonst lasse ich dich auf der Stelle verbrennen!" Widerwillig folgte die Elfe dem Befehl und verwandelte die Blume wieder in den jungen Prinzen zurück. Die beiden Menschen waren sehr glücklich, dass sie wieder zusammen waren und der Elfenkönig sagte zu der Elfe: "Wenn du jemals wieder so etwas unvernünftiges tust, werde ich dich hart bestrafen und dich aus dem Elfenreich verbannen. Also denke das nächste Mal gut über die Konsequenzen deiner Taten nach." Dann ließ der König ein großes Fest für seine menschlichen Gäste veranstalten und anschließend nutzte er seine Elfenkräfte, um den beiden persönlich sein ganzes Reich zu zeigen. Er brachte sie zu wundersamen Quellen, zu Orten der Kraft und des Friedens, sie sahen Wälder und Wiesen, die in fremden, wunderbaren Farben zu schillern schienen, die Luft war rein und voller Energie und der sanfte Wind spielte eine leise Melodie, die bis in die Tiefen des Herzens drang und alle Traurigkeit auslöschte. Als sie zurück kamen sagte der Elfenkönig: "Ich habe euch alles gezeigt, was ich euch zeigen konnte. Die Entscheidung liegt nun bei euch, ob ihr hier bei uns bleiben möchtet oder lieber in die Heimat zurückkehren wollt. Die beiden Menschen hatten sich in dieser wunderbaren Welt gut erholt, ihre Seelen schwangen in Harmonie und ihr Geist hatte sich gefestigt. Und so antwortete die Prinzessin: "Mein weiser König, ich danke dir so sehr für all die Zeit und Mühe, die du für uns aufgebracht hast. Aber wir sind Menschen und sollten in die Menschenwelt zurückkehren. Mit deiner Erlaubnis möchte ich dort von deiner Güte und deinem reinen Herzen berichten und den Menschen sagen, dass es doch hilfreiche Wesen gibt, an die wir uns wenden können, wenn die Schwierigkeiten uns unüberwindlich erscheinen. Aber wir wissen nicht, auf welche Weise wir zurückkehren können." Darauf antwortete der weise Elfenkönig: "Nun gut liebe Schönheit, ich habe deine Worte, die mit Liebe erfüllt sind, verstanden. Ich weiß, dass in deinem Herzen die Vision einer besseren Welt versteckt ist. Selbstverständlich ist deine Entscheidung sogar mir als König der Elfen ein Befehl. Und selbstverständlich hast du auch meine Erlaubnis, deine Botschaft in die Menschenwelt zu tragen um deine Vision zu verwirklichen." Mit diesen

Worten ließ er eine wunderschöne Elfensänfte heran bringen und als das Paar in ihr Platz genommen hatte, genügte eine Handbewegung des Elfenkönigs um die Sänfte innerhalb von Sekunden in ihr Reich zu schicken.

Der Sohn einer Witwe und sein Baum

Es war einmal der Sohn einer Witwe. Eines Tages fand er eine Walnuss. Er nahm sie und pflanzte sie in die Erde. "Bis morgen sollst Du bereits eine Pflanze sein", sagte er zu der Walnuss. "Wenn ich jedoch bis morgen keinen grünen Trieb von dir sehe, grabe ich dich wieder aus und schmeiße dich weg." Am nächsten Morgen ging er wieder zu der Stelle, an der er die Nuss vergraben hatte und sah tatsächlich einen kleinen, grünen Walnusstrieb. Er beugte sich hinunter zu der Pflanze und sagte: "Wenn du kleines Pflänzchen bis morgen kein Baum bist, reiße ich dich wieder aus der Erde und zerstampfe dich." Am Tag darauf suchte er die Stelle wieder auf. Und tatsächlich sah er einen Baum vor sich stehen. "Nun gut, Baum, wenn du bis morgen nicht groß und stark geworden bist, werde ich dich fällen und zerhacken", drohte der Junge. Als er den Baum am nächsten Tag wieder besuchte, sah er einen großen und kräftigen Walnussbaum und war glücklich. Freudig sprach er zu dem Baum: "Mein Baum, ich wünsche mir von dir, dass du viele Walnüsse für mich an deinen Ästen hängen hast, wenn ich morgen wieder zu dir komme." Am Tag darauf sah er viele reife Walnüsse an den Ästen und er kletterte begeistert auf den Baum. Während er Walnüsse pflückte, erschien unter dem Baum plötzlich eine

Hexe. Diese war von all der Zauberei alt und müde geworden und so fragte sie den Jungen, ob er ihr ein paar Walnüsse geben würde. Er gab ihr ein paar davon, aber die Hexe wollte noch mehr. Aus Mitleid gab er ihr noch mehr Walnüsse, doch in Wirklichkeit wollte die Hexe gar nicht die Nüsse, sondern den Jungen. Um ihn zu überlisten sagte sie: "Biege den Ast mit deinem Fuß zu mir herunter, ich möchte selbst ein paar Walnüsse pflücken." Als er dies tat, griff die Hexe nach dem Ast und zog ihn so stark herunter, dass der Junge vom Baum fiel. Sie packte den armen Kerl, steckte ihn schnell in einen Sack, band den Sack zu und warf ihn sich über die Schulter. Dann brachte sie den Jungen zu sich nach Hause und rief ihre Tochter. "Ich habe einen Jungen in diesem Sack. Töte ihn, hole Holz, mach' Feuer und koche ihn, dann haben wir ein schönes Mahl." Die Hexe ging wieder fort und sagte noch zu ihrer Tochter, sie gehe sich die Zähne schärfen. Dies vernahm auch der Junge und er sagte traurig zu sich selbst: "Seltsam, ich habe ihr Gutes getan, aber sie hat mich getäuscht und will mich fressen." Er ergab sich in sein Schicksal und dachte über seine guten Taten nach, während die Tochter der Hexe sich darauf vorbereitete ihn zu töten. Als sie den Sack öffnete, sah sie das rötliche Köpfchen des Sohnes der Witwe, und dass dessen Haare von den vielen Nöten, wie Armut und Krankheit, ausgefallen waren. Die Tochter der Hexe fragte erstaunt: "Junge, warum ist dein Kopf rot statt schwarz?" Der Junge überlegte eine Weile und antwortete dann: "Das habe ich selbst gemacht. Wenn du möchtest, kann ich bei dir das gleiche tun." Die Hexentochter sagte: "Ich möchte das auch. Mach' meinen Kopf auch rot." Sie befreite den Jungen aus dem Sack und dieser sagte: "Gib mir ein bisschen Zeit um mich vorzubereiten, dann werde ich dir helfen auch einen roten Kopf zu bekommen." Dann sah er sich zuerst einmal um und erblickte die Axt, mit der er hätte umgebracht werden sollen. Da sagte er zu der Hexentochter, sie solle ihren Kopf vorbeugen, damit er nun anfangen könne. Nachdem sie den Kopf gesenkt hatte, nahm er das Beil und schlug ihr damit den Kopf ab. Schnell zog er sich ihre Kleidung an, zerstückelte ihren Körper, warf die Teile in einen Topf und machte Feuer darunter. Bevor die alte Hexe zurückkam, fand er noch ein Stück Seife und eine Hand voll Nähnadeln und steckte beides ein. Dann kam die Hexe und vor lauter Hunger langte sie ohne nachzudenken in den Topf und fing an zu essen. Der als die Hexentochter verkleidete Witwensohn tat so, als ob er Wasser holen ginge. Plötzlich bemerkte die Hexe, dass es sich bei diesem Mahl um ihr eigen Fleisch und Blut handelte. Sie hatte nämlich auf den Ring gebissen, den ihre Tochter immer getragen hatte. Vor lauter Verzweiflung schlug sie sich mit Steinen auf den eigenen Kopf. Als sie sich nach einer Weile langsam wieder beruhigt hatte, machte sie sich auf, um den Jungen zu verfolgen. Langsam kam sie ihm immer näher, während ihn die Kräfte langsam verließen. Da kam ihm die Idee die Nähnadeln hinter sich auf den Weg zu werfen. Nachdem er das getan hatte, wurde aus der Hand voller Nähnadeln plötzlich ein riesiger Berg aus Nähnadeln. Es gelang der Hexe aber dieses Hindernis zu überwinden und wieder kam sie ihm näher, woraufhin er die Seife hinter sich warf. Diese verwandelte sich in einen großen Seifenberg. Als die Hexe auch diesen Berg zu überwinden versuchte, rutschte sie immer wieder auf der Seife aus und vor lauter Aufregung und Wut zerbarst ihr Herz und sie fiel auf der Stelle tot um. Somit war der Junge von diesem Albtraum befreit.

Zwei Freunde

Es waren einmal vor langer, langer Zeit zwei Freunde, die in einem Tal lebten. Eines Tages gingen sie gemeinsam zum jagen in die Berge. Der eine hatte ein Gewehr dabei, der andere war nicht bewaffnet. Sie mussten einen langen Weg zurücklegen bis sie endlich etwas erlegen konnten. Darüber waren sie sehr glücklich und setzen sich in den Schatten eines Baumes. Sie machten ein Feuer und fingen an ihre Beute zu braten. Während des Bratens nahm der eine die Waffe des anderen und begutachtete sie. "Was würdest du tun wenn ich dich mit deiner Waffe jetzt in diesem Wald erschießen würde?", fragte er. "Kein Mensch würde das hier hören oder sehen!" Sein Freund drehte sich um, schaute ihm streng ins Gesicht und sagte: "Lass' das! Natürlich weiß ich dass es niemand merken würde wenn du mich hier erschießen würdest." Er hatte gerade mal den Satz ausgesprochen, da erschoss der Freund ihn mit dessen eigener Waffe, legte die Leiche in ein Erdloch und füllte dieses mit Felsbrocken. Der Schütze glaubte jedenfalls, dass der Freund tot wäre. Aber wenn Gott nicht will, dass ein Mensch stirbt, dann kann kein Mensch einen anderen töten. Schwer verletzt und bewusstlos lag der Mann unter den Steinen in der Erdgrube, aber er lebte. Zwei Nächte und zwei Tage musste der Arme das nun schon ertragen, im Dorf war man sehr besorgt und seine

Familie suchte ihn überall, aber er blieb vermisst. Als nach der dritten Nacht die Sonne aufging, schickte sie ihr Morgenlicht durch die Steinritzen in die Grube auf das Gesicht des Verletzten und er erwachte aus seiner Bewusstlosigkeit. Plötzlich erschienen vor der Grube ein Tiger, ein Leopard und ein Schakal. Der Tiger sagte: "Es ist gut, dass wir uns hier getroffen haben. Wir sollten Informationen austauschen, über den Wald und die Berge in denen wir uns bewegen." Der lauschende Verletzte hörte wie Leopard und Schakal zustimmten, dass dies eine gute Idee sei. Der Tiger fuhr fort: "Hört zu! Zuerst will ich eine Geschichte erzählen. Seht ihr dort die sieben Berggipfel?" "Ja", sagten Leopard und Schakal, und nickten gespannt. "Wenn unter diesen Bergen gegraben würde, kämen Schätze von sieben Königreichen zu Tage." Der Leopard drehte seinen Kopf und sagte: "Dort unten ist eine Quelle, dessen Wasser Heilkräfte hat. Kranke, die daraus trinken und Verletzte, die ihre Wunden darin waschen, werden schnell wieder gesund." Nun war der Schakal an der Reihe: "Ich weiß, dass der König eines entfernten Landes, der Vater einer wunderschönen Tochter, schwer krank ist. Bisher konnte ihm niemand helfen gesund zu werden. Aber eine Möglichkeit gibt es dort in diesem Land! In einer großen Herde gibt es eine weiße Ziege mit sehr scharfen Hörnern. Schlachtet man diese Ziege und würde man das Unterlid des linken Auges auf das Herz des kranken

Königs legen, dann würde er wieder gesund werden. Der König hat bekannt geben lassen, dass er demjenigen, der ihn zu heilen vermag, die Hand seiner Tochter und sein halbes Königreich verspricht." Der verletzte Mann in der Grube hatte dieses Gespräch Wort für Wort verfolgt. Als der Lauf der Sonne schon fortgeschritten war, gingen die Tiere in den Wald zurück. Unter großer Anstrengung schaffte es der Verletzte sich aus der Grube zu befreien und kroch mit letzter Kraft zu der nahen Quelle, von der der Leopard erzählt hatte. Hastig trank er das heilende Wasser und badete zuletzt mitsamt seiner Kleidung darin. Mit der Kraft dieser wundersamen Quelle stand der Mann schon bald vollkommen genesen auf seinen Beinen und als erstes überlegte er sich: "Ich muss dieses Königreich finden um dem kranken König zu helfen." Auf dem schnellsten Weg lief er in die Stadt, sammelte verschiedene Kräuter und andere Heilmittel zusammen, packte alles in einen Beutel und machte sich auf den Weg. Innerhalb kürzester Zeit stand er vor den Toren des kranken Königs. Aus den verschiedensten Ländern hatten sich bereits Heilkundige eingefunden. Der Mann mischte sich unter die Versammelten und meinte: "Ich bin ebenfalls ein Heiler und möchte dem König seine Gesundheit zurück geben." Die anderen Anwesenden lachten ihn aus, spotteten über ihn und wollten ihn vertreiben. In diesem Moment jedoch sagte ein alter Mann: "Lasst ihn doch! Wir wollen sehen, wie er den König heilen will." Der Mann wurde zum König vorgelassen und als er vor dessen Bett stand, sagte er: "Ich kam um dir zu helfen, aber keiner wollte das zulassen." Der König sah ihn mit müden Augen an und sagte mit schwacher Stimme: "Schnell, hilf' mir, dass ich gesund werde. Ich will dir mein gesamtes Königreich dafür schenken." Der Mann erwiderte: "Du wirst gesund werden, aber zuerst musst du mir etwas bringen lassen. Hier in diesem Land gibt es eine Herde mit einer weißen Ziege, deren Hörner schärfer sind als die aller anderen. Diese eine Ziege lasse zu mir bringen." Der König gab den Befehl die Ziege suchen zu lassen. Dieser Befehl wurde sofort ausgeführt und schon nach kurzer Zeit wurde die gewünschte Ziege gebracht. Schnell schlachtete der Mann die Ziege und folgte der Anweisung, die er von dem Schakal gehört hatte. Schon eine kleine Weile später war der König wieder vollkommen gesund. Voller Freude hielt der König sein Versprechen, gab die Verlobung seiner Tochter mit dem Retter bekannt und übergab diesem sein gesamtes Königreich. Schon bald ließ der neue, junge König die Grabungen unter den sieben Berggipfeln, von denen der Tiger gesprochen hatte, beginnen. Nachdem die Schätze aller sieben Königreiche ausgegraben waren, ließ er in seinem alten Tal und in der Umgebung in der er einst gelebt hatte bekannt geben, dass die Schätze an alle verteilt würden, die zu ihm kämen. Von diesem Aufruf wussten bald alle und jeder einzelne beeilte sich zu dem angegebenen Platz zu kommen, um sich einen Teil der Schätze zu sichern. Ein jeder, der vor den neuen König trat, bekam eine Hand voll Gold oder andere Schätze. Den Ruf des Reichtums hatte auch der alte Freund vernommen, der ihn einst so enttäuscht hatte. Gierig wie dieser war, nahm er die Kinder seines einstigen Jagdgefährten mit zu diesem Platz, in der Hoffnung, noch ein bisschen mehr Gold zu bekommen mit dem Vorwand, sich um die Halbwaisen kümmern zu müssen. So kam er zum betteln. Der junge König war noch immer dabei die Schätze zu verteilen, als er schon von weitem sah, dass sein alter Freund sich ihm näherte und direkt hinter diesem seine eigenen Kinder, halb verhungert und in zerrissener Kleidung. Sofort befahl er seinen Wachen die Kinder unauffällig von dem Mann zu trennen und diese führten die Kleinen ein wenig abseits. Als wäre nichts geschehen verteilte er weiterhin seine Gaben. Als der alte Freund endlich an der Reihe war, gab ihm der junge König nicht nur wie üblich eine Hand voller Schätze, sondern streckte ihm gleich zwei Hände voller Reichtümer entgegen. Als der Freund sich verwundert abwendete um wieder zu gehen, rief ihn der neue König noch einmal zu sich und gab ihm noch eine dritte Hand voller Gold. Durch diese Handlung nun vollkommen verwirrt fragte der Mann: "Mein König, mein Herr, warum hast du anderen weniger gegeben und mir so viel? Erkläre mir bitte deine Großzügigkeit." Der König antwortete: "Lass es gut sein, geh', ich habe dir nur mehr gegeben, damit der Hunger in deinen Augen gestillt wird." Doch der andere gab sich mit dieser Antwort nicht zufrieden. "Nein, ich will das wirklich wissen." "Nun gut, dann warte bis die anderen Menschen gegangen sind, dann werde ich es dir erklären." Als die letzten Schätze verteilt waren und der Platz sich geleert hatte, setzte sich der König mit seinem alten Freund zusammen und erzählte ihm die Geschichte von Freundschaft, Großzügigkeit, Hinterlist und Verrat. Als die Geschichte zu Ende war, saß der Freund beschämt und erniedrigt neben dem neuen König und konnte nichts anderes tun, als um Vergebung zu bitten.

Der Brillenvogel und die Schalpflanze

Ein Brillenvogel flog aus einem Garten, flog ein wenig herum und setzte sich dann auf eine Schalpflanze. Ihre wirklich sehr scharfen Blätter verletzten seinen Fuß, so dass aus diesem Blut tropfte. Der Brillenvogel war sehr wütend über die Schlechtigkeit der Schalpflanze und überlegte sich: "Wie kann ich ihr diese Tat vergelten?" Er flog zum Stier und sagte zu ihm: "Gehe! Esse die Schalpflanze. Sie hat meinen Fuß zerschnitten." Der Stier antwortete: "Warum sollte ich die Schalpflanze fressen, wenn ich doch grünes Gras essen kann?" Der Brillenvogel flog weiter zum Getreidesack, der in einer Ecke in der Scheune stand und sagte: "Gehe und lege dich auf den Stier." Der Getreidesack erwiderte: "Warum sollte ich mich auf den Stier legen, wenn ich doch in dieser Ecke bleiben kann?" Da flog der Vogel zur Maus und rief ihr zu: "Laufe zum Getreidesack und beiße Löcher in ihn." Die Maus fragte: "Warum sollte ich in den Getreidesack Löcher beißen, wenn ich doch hier im Schrank Mais naschen kann?" Der Brillenvogel flog zur Katze und forderte: "Gehe zur Maus und beiße sie." Die Katze entgegnete: "Warum sollte ich die Maus beißen, wenn ich Joghurt von meiner Herrin schlappern kann?" Da flog der Brillenvogel zum Hund und sagte zu ihm: "Beiße die Katze!" Der Hund knurrte: "Warum sollte ich der Katze hinterher rennen, wenn ich Brot aus den Händen der Kinder rauben kann. Der Vogel flog also zu den Kinder: "Geht den Hund schlagen!" Die Kinder riefen: "Warum sollten wir den Hund schlagen?" Es ist doch schöner, hier spielen zu können." Der Brillenvogel flog zu deren Müttern und rief: "Schlagt die Kinder!" Die Mütter antworteten: "Warum sollten wir unsere Kinder schlagen, wenn wir doch unsere Arbeit erledigen können." Weiter ging es zu den Ehemännern der Frauen und der Brillenvogel schrie: "Schlagt eure Frauen!" Die Ehemänner erwiderten: "Warum sollten wir unsere Frauen schlagen, wenn wir doch unsere Äcker pflügen können." Da flog der wütende Vogel zum freundlichen König und sagte zu ihm: "Gehe und schlage die Bauern!" Der sanfte König antwortete jedoch: "Warum sollte ich die Bauern schlagen, wenn ich doch hier meine Arbeit fortsetzen kann." Da flog der Vogel zu guter Letzt zum starken Kaiser und sagte: "Gehe und schlage den sanften König, denn er hat meine Worte nicht wahrgenommen." Der starke Kaiser hörte auf seine Worte, ging und schlug den sanften König. Der sanfte König stand auf, ging und schlug die Bauern. Die Bauern gingen zu ihren Ehefrauen und schlugen diese. Die Frauen wiederum schlugen ihre Kinder. Die Kinder schlugen den Hund. Der Hund lief los und biss die Katze. Die Katze biss die Maus. Die Maus rannte zum Getreidesack und fraß Löcher in ihn. Der Getreidesack fiel auf den Stier. Der Stier lief los und fraß die Schalpflanze. Da war der rachsüchtige Brillenvogel sehr zufrieden und glücklich, flog zurück zum Garten und sprang fröhlich von Ast zu Ast.

Zwei Schwestern

Es waren einmal, oder auch nicht, zwei Schwestern. Ihr Vater war gestorben als die beiden noch sehr klein waren. Sie hatten deshalb eine schwere Kindheit, aber sie schafften es von einen Tag zum anderen zu überleben. Die Zeit verstrich und die ältere der Schwestern wuchs zu einer jungen Frau heran, die den Wunsch hegte einen Ehemann zu finden. "Ich möchte heiraten", sagte sie zu der Jüngeren, deren Gesicht von Leid und Not der vergangenen Jahre gezeichnet und deren Haare von den vielen Sorgen schon ausgefallen waren. "Ich werde dich verlassen müssen um einen Mann zu finden." "Geh' nicht", bat die jüngere Schwester, "oder nimm' mich mit. Was soll ich denn alleine? Wie soll ich mein Leben weiterführen ohne dich? Lass' mich nicht alleine!" Die Ältere jedoch beachtete die Worte ihrer Schwester nicht. Sie ging in ein anderes Dorf und heiratete dort. Schon nach einigen Tagen vermisste die Jüngere ihre Schwester so sehr, dass sie sich auf den Weg in das andere Dorf machte, um das neue Heim der Älteren zu finden. Sie kam bis vor deren Tür und obwohl die ältere Schwester sich für das Aussehen der Jüngeren schämte, bat sie diese herein. Die verheiratete Schwester bot der Jüngeren an, in einem Schuppen auf ihrem Grund zu leben, um in ihrer Nähe sein zu können. Das junge Mädchen nahm dieses Angebot an und da der Schuppen sehr schmutzig war, fing sie ihr neues Leben damit an, zu fegen und zu putzen. Tage und Nächte vergingen. Eines Tages, als das Mädchen auch die hintersten Winkel des Schuppens ausfegte, bemerkte sie plötzlich eine Falltür im Boden. Langsam hob sie die Falltüre hoch und sah darunter Stufen, die in einen Gang führten. Vorsichtig stieg sie hinab, folgte dem Gang und kam in eine große, saubere und helle Kammer. Schätze aus aller Welt waren hier angehäuft. Sie sah Kleidungsstück aus feinsten Stoffen und sogar alle Art von Speisen und Getränken standen hier. Als das Mädchen dies alles sah, erfüllte Freude und Glück ihr Herz und das Leid der Vergangenheit war vergessen. Von da ab ging es ihr von Tag zu Tag besser. Ihr Geheimnis jedoch erzählte sie keiner Menschenseele. Auch wenn sie ihre Schwester traf, zog sie ihre alte, zerrissene Kleidung an. Eines Tages, als sie in der Kammer mal wieder eines der wunderschönen Kleider anprobierte, entdeckte sie auch ein Paar goldene Pantoffeln. Auch diese zog sie sich an und verließ damit die Kammer und ihren Schuppen. Sie wusste jedoch nicht, dass die Pantoffeln mit einem Zauber belegt waren und kaum das sie den Schuppen mit den Pantoffeln an ihren Füßen verlassen hatte, begann sie plötzlich zu fliegen. Sie flog eine Weile über die gesamte Umgebung und die Leute aus dem Dorf sahen ihr erstaunt dabei zu. Plötzlich fiel ihr einer der Pantoffeln von ihrem Fuß auf die Erde und erschrocken kehrte sie nach Hause zurück. Schnell brachte sie die gute Kleidung zurück in die Kammer, zog sich ihre alten Sachen an und setzte sich vor den Schuppen. In diesem Moment kam die ältere Schwester angerannt und erzählte aufgeregt die Geschichte der wundersamen Erscheinung über dem Dorf. "Schade, dass ich dich nicht mitgenommen habe", sagte sie zu der Jüngeren, "aber ich habe mich für dein Aussehen geschämt." Die jüngere Schwester sagte: "Es ist schon in Ordnung meine Schwester, dass du das alles wenigstens gesehen hast."

An einem schönen Tag sattelte der Sohn des Königs sein Pferd und machte sich auf, um auf die Jagd zu gehen. Nachdem er schon einige Beute erlegt hatte, führte er sein Pferd zur Rast an einen kleinen Bach und wollte es tränken. Das Pferd jedoch erschrak, als es den Kopf über das Wasser beugte. Erneut versuchte der Prinz das Pferd aus dem Bach trinken zu lassen, aber es scheute abermals. Verwundert sah der Prinz in das Wasser und entdeckte den goldglänzenden Pantoffel zwischen den Steinen liegen. Er nahm ihn aus dem Wasser, kehrte zurück nach Hause und brachte den Pantoffel zu seinem Vater. "Ich möchte die Trägerin dieses Pantoffels finden", sagte er zu dem König. Dieser folgte dem Wunsch seines Sohnes und ließ bekannt geben, dass die Frau, der dieser Pantoffel passen würde, die Braut seines Sohnes werden solle. Man trug den Pantoffel durch das gesamte Land, aber an keinen Fuß wollte er passen. Auch in das Dorf der beiden Schwestern kam des Königs Gefolgschaft und alle Dorfbewohner brachten ihre geschminkten und fein gemachten Töchter, um den Pantoffel anzuprobieren. Doch auch diesmal ließ sich keine Frau finden, der der Pantoffel gepasst hätte. Als man die Aufgabe schon als erfolglos beenden wollte, rief jemand: "Dort unten in dem Schuppen lebt noch ein hässliches, kahlköpfiges Mädchen. Man sollte auch sie den Pantoffel anprobieren lassen." So gingen die Gefolgsleute des Königs zu dem Schuppen und dieses Mal hatten sie Glück. Der Pantoffel passte genau an den Fuß des Mädchens. Als der König dies hörte war er sehr glücklich und verheiratete das Mädchen mit dem Prinzen. Somit war sie von allen Schwierigkeiten befreit und durch das gute Leben am Hof des Königs wurde sie auch bald zu einer schönen Frau, gebar viele Kinder und lebte glücklich und zufrieden mit ihrem Prinzen.

Handbesen, Luftballon
und Salzbrocken

Diese drei waren befreundet. Eines Tages beschlossen sie ein Feuer zu machen um sich eine Mahlzeit zu kochen. Die Aufgabe des Handbesens war, das Feuer anzuzünden und die Mahlzeit vorzubereiten. Zum Salzbrocken sagten sie: "Du gehst Wasser holen!" Handbesen wollte die Flammen anfachen, fing dabei Feuer und verbrannte selbst zu Asche. Salzbrocken wollte Wasser holen, fiel hinein und löste sich darin auf. Als Luftballon von diesen Missgeschicken erfuhr, lachte und lachte er, bis er vor Lachen platzte.

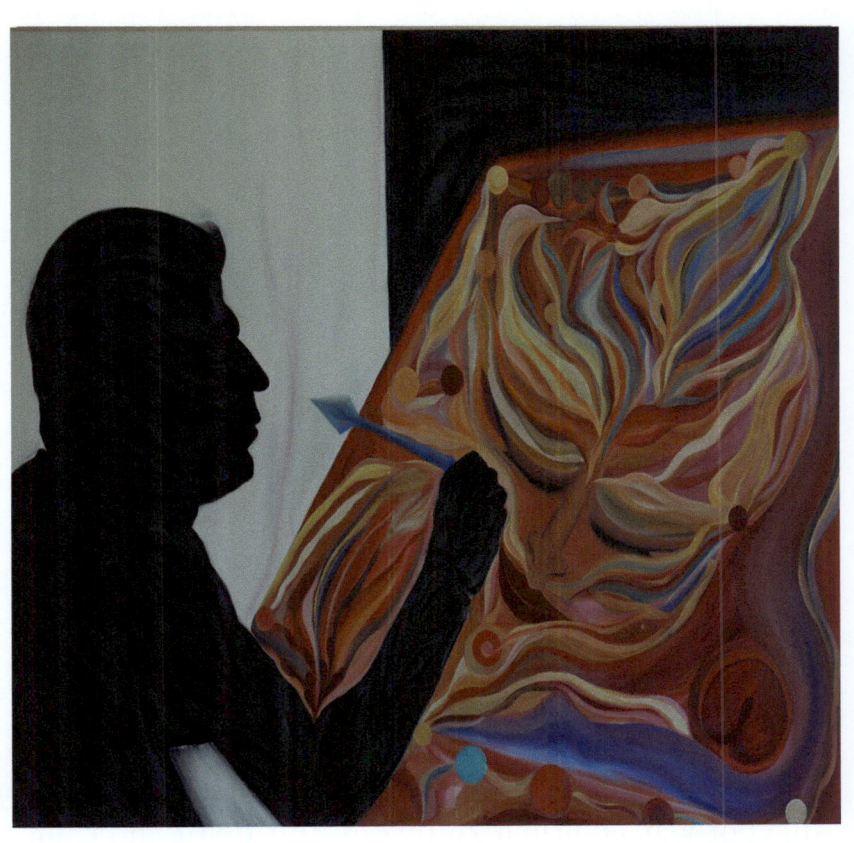

Der Königssohn und die Hexe

Es war einmal, oder auch nicht, ein Mann, der der engste Berater des Königs war. Dieser Berater wollte selbst die Macht über das Königreich erlangen. Da der König nur einen einzigen kleinen Sohn hatte, der noch keine Gefahr war, wuchs im Herzen des Beraters der Mut, seinen schon lange erdachten Plan durchzuführen und den König zu töten. Eines Tages nahm er eine günstige Gelegenheit wahr, ermordete den König und eroberte dessen Macht. Als die Frau des Königs davon erfuhr, wusste sie, dass auch ihr Sohn in Gefahr war und so packte sie Gold und Schmuck zusammen und flüchtete mit ihm in ein anderes Königreich. Dort nahmen sie sich ein Haus und fingen ein neues Leben an. Nach einiger Zeit hörte die Mutter, dass es in der Nähe eine Schule gäbe, deren Lehrer sehr strengen Riten folgte und zu dem viele Kinder aus der Stadt geschickt wurden. Sie ging mit ihrem Sohn dorthin um ihn anzumelden, jedoch der Lehrer wollte sie abweisen. Da gab sie ihm mehr Gold, als es bisher jemand für eine Ausbildung bezahlt hätte und versprach ihm noch mehr davon. Dieses Angebot war natürlich zu reizvoll für den Lehrer um es auszuschlagen und so nahm er den Jungen auf und begann mit dessen Ausbildung. Keiner der Schüler wusste, dass auch die Tochter des Königs dieses Landes in dieser Schule ausgebildet wurde. Tage und

Nächte vergingen und der Königssohn und die Königstochter verliebten sich ineinander. Die Regeln der Schule waren jedoch so streng, dass sie beschlossen in ein weit entferntes Land zu gehen, um zusammen sein zu können. Sie wanderten viele Wochen, bis sie dieses Land erreichten. Als sie in die Nähe einer kleinen Stadt kamen, sahen sie einen alten Mann unter einem Baum sitzen und da sie müde und erschöpft waren setzten sie sich zu ihm. Nach einer Weile, die sie im Gespräch mit dem freundlichen Alten verbracht hatten, sagte der junge Königssohn: „Bleibt ihr beide ruhig hier, ich gehe ein wenig Essen für uns besorgen." Als er im Dorf ankam, wusste er jedoch nicht, dass dort auch eine Hexe lebte. Als diese den schönen, jungen Prinzen sah, wollte sie ihn für sich haben, verwandelte ihn schnell in ein Schaf, nahm es mit nach Hause und band es an den Pfosten ihres Bettes an. Die arme Königstochter wartete zusammen mit dem alten Mann, aber ihr Gefährte kam nicht zurück. Der freundliche Alte schien immer trauriger und ängstlicher zu werden und so fragte sie ihn: „Mein lieber Freund, warum bist du so bedrückt?" „Ach meine Tochter", antwortete der Alte, „wie soll ich es dir erklären?! Diese Stadt hat vier Tore und wenn die Nacht hereinbricht, kommt durch jedes dieser Tore ein anderer Schrecken. Durch das erste Tor stampft ein hässlicher, furchtbarer Riese, durch das zweite, ein gefährlicher Drache, durch das dritte, drängt eine blutrünstige Bestie in den Ort und durch das vierte eine gemeine Hexe. Jeder, der das Unglück hat deren Weg zu kreuzen, ist des Todes. Die Königstochter reagierte mutig und kampfbereit auf diese Worte und entgegnete: „keine Sorge, wenn mein Gefährte nicht bald zurückkommt, bewache ich die Stadt." Mit diesen Worten nahm sie das Bündel des Königssohnes und suchte sich ein paar Kleidungsstücke. Als sie sich damit als Mann verkleidet hatte, nahm sie auch sein Schwert und schritt zum ersten Tor. Im Schatten der Mauer verborgen wartete sie darauf, dass die Nacht heran brach. Als der Riese durch das Tor kam, schlug sie das Schwert mit all ihrer Kraft in dessen Genick, so dass der Kopf des Riesen auf den Boden fiel. Hiermit war die erste Gefahr gebannt. Das Mädchen ging weiter zum zweiten Tor und mit kluger Taktik schaffte sie es, auch den Drachen zu erlegen. Aus der Haut seines Rückens machte sie sich einen Gürtel, den sie um sich legte, dann ging sie weiter zum dritten Tor. Mit der blutrünstigen Bestie hatte sie schwer zu kämpfen, aber am Ende erlegte sie auch dieses Biest. Sehr müde und in Gedanken voller Sorge um ihren geliebten Prinzen, aber mit eisernen Willen ging sie auch zum letzten Tor, stellte sich davor und wartete auf die Hexe. Diese jedoch hatte die Leichen der anderen Bestien gesehen und als sie sich nun nervös um sich blickend dem Tor nährte, schlug das Mädchen abermals mit dem Schwert zu, traf dieses Mal aber nur die Nase der Hexe. Mit einem Schrei flüchtete die Hexe und war verschwunden. Somit hatte die Königstochter die leidgeplagten Menschen dieser Stadt von den bösen Wesen befreit. Erschöpft kehrte sie zu dem alten Mann zurück und sagte: „Mein lieber Freund, ich bin sehr müde. Hier, nimm' diesen Gürtel aus Drachenhaut an dich, ich habe diese Stadt gerettet und alle vier Bestien besiegt. Nun möchte ich mich in deinem Schutz hinlegen und schlafen. Lasse niemanden in meine Nähe, bis ich mich ausgeruht habe." Der Alte war sehr glücklich über diese Nachricht. Leise setzte er sich neben das junge Mädchen und rührte sich nicht mehr von der Stelle. Als der Tag anbrach entdeckten die Menschen der Stadt, dass jemand die Unwesen getötet hatte und alle waren voller Glück und Freude. Übermutig stachen und schlugen sie auf die toten Körper ein und jeder behauptete, dass er die Heldentat vollbracht hätte. Auch der König des Landes hörte von der freudigen Kunde und um sich selbst davon zu überzeugen, sammelte er seine Berater und Diener um sich und machte sich auf zu den Toren der Stadt. Als er dort ankam sah er die getöteten Wesen, jedoch war er skeptisch was die Rufe der selbsternannten Helden betraf. So sah er sich weiter um und bald schon kamen er und seine Gefolgsleute an den Platz, an dem der alte Mann saß und immer noch neben dem Mädchen wachte. Als sie sich ihm nähern wollten, gab ihnen der alte Mann mit Handzeichen zu verstehen, dass sie stehen bleiben sollten. Langsam stand er von seinem Platz neben dem Mädchen auf und ging hinüber zum König. „Mein König", sagte der alte Mann, "weckt den Jungen nicht auf. Er muss ausruhen, denn dies ist der Held, der unsere Stadt befreit hat. Dieser Gürtel, den er aus der Haut des Drachens geschnitten hat, ist der Beweis. Der König stellte Wachen um den Alten und das Mädchen in Männerkleidung, bis dieses ausgeschlafen hatte. Als sie erwachte wurde sie sogleich an den Hof des Königs eingeladen, der ein großes Festmahl für den Retter der Stadt gab. Da man das Mädchen immer noch für einen Mann hielt, bot ihr der König als Dank die Hand seiner Tochter und einen Teil seiner Reichtümer. Da das Mädchen ihre Tarnung aufrechterhalten wollte, willigte sie ein und so wurde bald darauf die Hochzeit gefeiert. Als dann die Hochzeitsnacht kam, ging das Mädchen in die Gemächer der Braut, legte sich ins Bett und legte das Schwert zwischen sich und die Prinzessin. "Ich muss dir nun ein Geheimnis anvertrauen", sagte sie, „bitte bewahre es für dich, bis ich die Aufgaben erfüllt habe, die noch vor mir liegen." Und so erzählte sie der Braut, wie sich die ganze Geschichte zugetragen hatte und auch von dem geliebten Prinzen, der noch immer verschwunden war. Die Prinzessin hatte Verständnis für die Handlungsweise der fremden Königstochter und versprach, das Geheimnis nicht zu verraten, bis die junge Frau ihren Gefährten wieder gefunden habe. Alle Menschen des Hofes behandelten das als Mann verkleidete Mädchen freundlich und voller Respekt, nur der engste Vertraute und Berater des Königs hatte von Anfang an Zweifel am Geschlecht des Helden und wurde nicht müde dem König zu sagen, dass er den heldenhaften Jüngling für eine Frau hielt. Um dem Geheimnis auf die Spur zu kommen, schlug er dem König vor, auch seine Tochter dem Helden zur Frau zu geben und der König hatte keine Einwände dagegen. So wurde auch diese Hochzeit gefeiert und nach den Festlichkeiten rief das Mädchen in Männerkleidung die erste Braut zu sich und ging mit ihr zusammen in die Gemächer der zweiten Braut. Sie schlossen die Türen hinter sich und das Mädchen erzählte abermals seine Geschichte. "Die Prinzessin hat versprochen dieses Geheimnis zu bewahren", sagte sie zu der zweiten Braut. "Nun liegt es an dir, ob du zu uns halten oder uns verraten willst." Warum sollte ich euer Geheimnis preisgeben?", erwiderte die zweite Braut, „natürlich werde auch ich Stillschweigen bewahren, bis du deinen Gefährten gefunden hast." Am nächsten Morgen ging der Berater des Königs in aller Frühe zu seiner Tochter und fragte immer noch zweifelnd: „So meine Tochter, nun sage mir die Wahrheit. Was für ein Mensch ist der Mann, dem ich dich zur Frau gab?" „Ach Vater", antwortete die Tochter begeistert „er ist ein so starker und schöner Mann, dass man kaum noch einen wie ihn im Lande finden könnte." So waren die Zweifel des Beraters beseitigt. Eines Tages veranstaltete das Mädchen in Männerkleidung ein großes Fest und ließ unter der Bevölkerung bekannt geben, dass jeder kommen, essen und trinken dürfe, soviel er nur wolle, mit der Bedingung, dass jeder Gast ihr eine Geschichte oder ein Erlebnis aus seinem Leben zu erzählen hätte. Das ließen sich die Leute nicht zweimal sagen und viele kamen, genossen die Vielzahl der Speisen und erzählten dem Helden der Stadt ihre Geschichte. Auch ein Mann, dessen Beine gelähmt waren und ein Blinder hörten von den Köstlichkeiten, die auf dem Schloss geboten wurden und sie überlegten, wie auch sie dorthin kommen könnten. Der Gelähmte sagte zu dem Blinden: ,,Ganz einfach! Du nimmst mich auf deinen Rücken und trägst mich und ich weise dir mit meinen gesunden Augen den Weg." Gesagt, getan. Auf diese Weise liefen sie eine ganze Weile und legten ein gutes Stück des Weges zurück. Sie waren gerade in die Nähe einer Hütte gekommen, als der Blinde seiner Last überdrüssig wurde und den Gelähmten erschöpft auf den Boden gleiten ließ. Dort ließ er den armen Mann einfach liegen, entfernte sich und war bald darauf aus dessen Sicht verschwunden. Die Hütte vor der der Gelähmte nun hilflos saß, war die Hütte der Hexe, die den jungen Königssohn verwandelt hatte. Als sie nun nach Hause kam und den fremden Mann dort hocken sah, wurde sie sehr wütend. Sie ging zu ihm, schlug auf ihn ein und trat ihn mit Füßen. Dann ging sie in das Haus und ließ die Haustür offen stehen. Erstaunt beobachtete der Gelähmte, wie sie ein Schaf, das an einem Bett festgebunden war, in einen jungen, schönen Mann verwandelte und anfing ihre Spiele mit ihm zu treiben. Am nächsten Morgen verwandelte die Hexe den jungen Königssohn wieder in ein Schaf, band ihn mit einem Seil wieder an den Bettpfosten und verließ das Haus. Der gelähmte Mann hatte auch dies alles beobachtet. Inzwischen hatte das Mädchen in Männerkleidung den Befehl gegeben, man solle auch die behinderten und kranken Menschen der Stadt suchen und zu diesem Fest bringen. Die Wachen zogen also los um diesen Befehl auszuführen und zuletzt fanden sie auch den Gelähmten, der vor der Hütte der Hexe hockte und nahmen ihn mit auf das Schloss. Kaum dort angekommen wurde der behinderte Mann von dem Mädchen gefragt, ob er auch ein interessantes Erlebnis zu erzählen wüsste. "Gib' mir erst einmal zu essen", antwortete der Gelähmte. "Mit gefülltem Bauch werde ich dir dann eine Geschichte erzählen, die noch niemand sonst erlebt und erzählt hat." Das Mädchen ließ dem Gelähmten also zuerst einmal eine große Auswahl an Speisen bringen und nachdem der Mann kräftig zugelangt hatte und schließlich gesättigt war, fing er an von der alten Frau in der Hütte zu berichten, die ein

Schaf in einen wunderschönen Jüngling verwandeln konnte und den Jüngling zurück in ein Schaf. Die Königstochter begriff sofort, dass es sich hierbei nur um ihren geliebten Prinzen handeln konnte und eilig schickte sie die Wachen los, um die alte Frau und das Schaf holen zu lassen. Die Wachen fanden die Hütte, überwältigten die Hexe und brachten sie zusammen mit dem Schaf zum Schloss. Die immer noch verkleidete Königstochter fragte die Hexe: "Woher hast du dieses Schaf?" "Gekauft", log die Hexe. "Nein das hast du nicht", erwiderte das Mädchen. Dies ist ein Mann, den du verhext hast." Sie rief die Wachen und sagte: "Lasst einen großen Topf mit Öl bringen und bringt das Öl zum sieden." Voller Angst was man ihr mit dem kochenden Öl antun wolle, verwandelte die Hexe das Schaf wieder zurück in den Königssohn und schwor, dass sie nie wieder hexen würde, wenn man sie am Leben ließe. Glücklich fielen sich die verkleidete Königstochter und der Königssohn in die Arme und nun erklärte das Mädchen in Männerkleidung auch dem erstaunten König dieses Landes die ganze Geschichte. Dieser hatte Verständnis und bewunderte den Mut der fremden Königstochter. Alle freuten sich für sie, dass sie nun auch ihren geliebten Prinzen hatte retten können und der König überließ den beiden eine große Anzahl Krieger und Diener, die mit ihnen gingen, als sich die beiden auf den Weg zurück in das Land der Königstochter machten. Dort angekommen holte der Prinz seine Mutter und die Königstochter ging zu ihrem Vater, um ihm alles zu berichten. Auf des Vaters Schloss feierte man dann die Hochzeit der beiden und als Geschenk gab der König ihnen noch mehr Gefolgsleute mit, die es dem Königssohn ermöglichten sein eigenes Land zurück zu erobern und den feigen Verräter, der seinen Vater einst getötet hatte, vom Thron zu stürzen. So waren dann alle glücklich und fingen ein neues Leben an.

Schakal, Hahn, Rebhuhn
und Wiedehopf

Eines Tages machte der Schakal sich auf und sagte sich: "Ich werde ein anderes Land besuchen." Auf seiner Reise begegnete ihm ein Hahn. Dieser rief: "Willkommen Schakal, wohin gehst du?" Der Schakal antwortete: "Ich gehe ein anderes Land besuchen." "Nimm' mich mit in das andere Land", sagte der Hahn, "denn zwei Freunde sind besser als einer allein". "Gute Idee", meinte der Schakal. Unterwegs begegnete den beiden ein Rebhuhn. Das Rebhuhn fragte: "In welche Richtung geht ihr?" Die beiden antworteten: "Wir gehen ein anderes Land besuchen." Daraufhin sagte das Rebhuhn: "Anstatt nur zwei, sind drei Freunde besser. Nehmt mich doch auch mit." Der Schakal erwiderte: "Gute Idee!" Und so gingen sie zu dritt ihres Weges. Der Schakal ging voraus und hinter ihm liefen der Hahn und das Rebhuhn. Auf ihrem Weg begegnete ihnen ein Wiedehopf und dieser sagte: "Willkommen! Wohin geht ihr?" Die drei antworteten: "Wir haben uns vorgenommen, ein anderes Land zu besuchen." Der Wiedehopf entgegnete: "Es wäre gut, wenn ihr auch mich mitnehmt." "Warum nicht", sagte der Schakal, "je mehr, desto besser." Zu viert waren sie nun unterwegs in das andere Land und so wanderten sie eine lange Zeit. Als sie an einen großen Baum kamen, entschlossen sie sich, eine kleine Rast zu machen und setzten sich in den Schatten des Baumes. Der Schakal drehte sich zum Hahn, zum Rebhuhn und zum Wiedehopf um und sagte zum Hahn: "Du hast eine schlechte Angewohnheit, denn mitten in der Nacht fängst du an zu krähen. Sei vorsichtig und tu das nicht wenn ich dabei bin, sonst fresse ich dich." Zum Rebhuhn sagte er: "Du auch Rebhuhn! Wenn du gute Laune hast, beginnst du zu gackern. Du solltest auch daran denken was ich gesagt habe, vorsichtig sein und nicht umsonst deinen Schnabel öffnen." "Wiedehopf, sei du auch vorsichtig, wenn du gute Laune hast und deine Töne von dir gibst. Solche Dinge gefallen mir nicht! Also tu das nicht! Wenn doch, dann werdet ihr mich schon kennen lernen!" Sie verließen den Schatten des Baumes und machten sich wieder auf den Weg. Vom Hunger getrieben überlegte sich der Schakal seinen ersten möglichen Beutezug. In diesem Moment fing das Rebhuhn aus Gewohnheit an zu gackern und der Schakal schnappte es und fraß es auf.

Der Hahn und der Wiedehopf waren über diese Tat sehr traurig, denn ihr Freund war getötet und gefressen worden. Dennoch liefen sie zusammen weiter, bis der Abend dämmerte. Der Schakal hatte schon wieder Hunger und er überlegte sich, ob er erst den Hahn oder den Wiedehopf angreifen solle. Diese beiden waren schon in süßen Schlaf gefallen und der gemeine Schakal überfiel den schlafenden Hahn. Der Hahn rief: "Ich habe nicht gekräht, lass mich, friss' mich nicht!" Der Schakal hörte nicht auf seine Worte, fraß ihn auf und so war nur noch der Wiedehopf übrig. Am nächsten Morgen, machten Schakal und Wiedehopf sich wieder auf den Weg. Der Wiedehopf war sehr unglücklich, wegen seiner toten Freunde und er war auch sehr erbost über die Taten des Schakals. Sie wanderten weiter und liefen eine lange Strecke. Wieder bekam der Schakal Hunger und er überlegte sich, wie er den Wiedehopf angreifen könne. Obwohl er eigentlich sehr geduldig war, konnte er vor lauter Hunger nicht mehr warten und schnappte sich den Wiedehopf. Der Wiedehopf rief: "Onkel Schakal, fresse mich nicht, ich zeige dir Gutes und Schlechtes." Der Schakal dachte sich: "Wenn ich nur den Wiedehopf fresse, wird mein Bauch auch nicht voll. Ich habe ihn so oder so in der Hand, also kann ich ihn auch loslassen und sehen was er meint." Er ließ den Wiedehopf aus seinem Maul und dieser war sehr erleichtert. "Komm!", sagte er dann zu dem Schakal und nun ging der Wiedehopf voran und der Schakal folgte ihm. Kurze Zeit später sahen sie zwei Kinder, die auf ihren Köpfen Schüsseln mit Reis und Joghurt trugen, um sie ihren Vätern, die ihre Äcker pflügten, zu bringen. Der Wiedehopf sagte zum Schakal: "Onkel Schakal, ich weiß du hast Hunger." "Ja!" erwiderte der Schakal. "Wenn du Hunger hast, dann komm', ich zeige dir Gutes" meinte daraufhin der Wiedehopf. "Ich fliege und setze mich vor die Kinder und ab und zu setze ich mich auf deren Schultern. Ich treibe dieses Spiel so lange, bis die Kinder die Schüsseln auf den Boden stellen und wenn es soweit gekommen ist, solltest du so schnell wie möglich dorthin schleichen. Dann wähle, Joghurt oder Reis." Der Wiedehopf flog direkt vor die Kinder, flog wieder hoch und setzte sich auf die Schulter des einen. Als dieses nach ihm griff, hüpfte er auf die Schultern des anderen Kindes. Dies machte er so lange, bis die Kinder die Schüsseln auf den Boden stellten. Danach verfolgten sie den Wiedehopf und versuchten ihn zu fangen, so dass sie darüber ihre Schüsseln vergaßen. Schnell kam der Schakal, fraß zuerst den Joghurt, danach den Reis, bis er völlig voll gefressen war. Der Wiedehopf schaute zu, bis der Schakal satt war, dann flog er zu ihm hin und sagte: "Komm, gehen wir!" Sie liefen weiter den Weg entlang, bis zu einem Platz auf dem eine Mühle stand. Der Wiedehopf sagte: "Onkel Schakal, komm, jetzt zeige ich dir Schlechtes. Na komm schon, du hast doch noch Hunger und kannst noch ein bisschen mehr vertragen." "Das ist eine gute Idee", antwortete der Schakal. Der Wiedehopf erklärte: "Ich fliege und setze mich vor die Türen der Mühle und wenn der Müller mich fangen möchte, dann fliege ich ihm davon. Wenn er hinter mir her rennt, solltest du so schnell wie möglich in die Mühle laufen und dich am Mehl satt essen." Der Wiedehopf flog los und setzte sich vor die Mühle. Da kam der Müller heraus und verfolgte ihn. Der Wiedehopf aber flog auf und sprang hin und her und der Schakal schlich sich schnell in die Mühle und fing an das Mehl zu fressen. In diesem Moment flog der Wiedehopf davon. Der Müller kam zurück und sah den Schakal, als dieser das Mehl fraß. Er schloss die Türen hinter sich, nahm einen Holzstock und schlug solange auf den Schakal ein, bis dessen Rückrat brach. Der Wiedehopf flog heran, setzte sich auf den Schakal und sagte: "Siehst du, ich habe dir Gutes und Schlechtes gezeigt."

Die Stiefmutter und ihre Stiefkinder

Es war einmal, oder auch nicht, ein Mann, der zwei Frauen hatte. Die eine Frau hatte einen Sohn und eine Tochter, die andere hatte keine Kinder. Irgendwann wurde die Mutter der Kinder krank und nach langer Zeit des Leidens starb sie. Ihre Kinder waren somit zu Halbwaisen geworden und mussten nun ihr Leben mit der Stiefmutter verbringen. Die zwei Kinder erfuhren nun keine Mutterliebe mehr und litten unter den Bösartigkeiten, die ihre Stiefmutter ihnen antat. Nur unter großen Schwierigkeiten konnten sie ihr Leben meistern. Oft wurden sie von ihrer Stiefmutter zu Unrecht beschuldigt und dem Vater erzählte sie Unwahrheiten um die Kinder vor ihm in ein schlechtes Licht zu rücken. Auf diese Weise verging sehr viel Zeit. Die Stiefmutter war so böse und hinterlistig, dass sie den Vater sogar dazu überreden konnte den eigenen Sohn zu töten. Um den Jungen umzubringen, hatte dieser sich eine List erdacht: "Komm mein Sohn, wir gehen in die Berge um Holz zu holen." Beide, Vater und Sohn, hatten Seile und Beile mit sich genommen. Als sie ihr Ziel erreicht hatten, sagte der Vater zu seinem Sohn: "Mein Sohn, lege dich hin und ruhe dich aus, ich gehe schon allein und sammle zwei Bündel Holz für uns. Wenn ich fertig bin, wecke ich dich." Der Junge legte sich zum schlafen auf den Boden, aber von einer inneren Unruhe getrieben konnte er nicht einschlafen. Ständig hatte er die Schläge seiner Stiefmutter vor Augen, als sich sein Vater ihm, mit der Absicht ihn nun zu töten, wieder näherte. Der Sohn fragte: "Vater, was machst du da?" Überrascht darüber, dass sein Sohn nicht schlief, antwortete der Vater: "Mein Sohn über dir ist ein Rabe geflogen und ich hatte Angst, dass er dir deine Kette vom Hals stiehlt." Dann setzte er eine andere Miene auf und sagte beruhigend: "Aber nun schlafe ruhig weiter" und mit diesen Worten entfernte er sich. Nach längerer Zeit kam er zurück und sah, dass sein Junge eingeschlafen war. Er beugte sich über ihn, aber so sehr er auch entschlossen war diesen Mord zu begehen, sein Herz war dagegen. Die Situation zu Hause jedoch und das Leben mit seiner Frau, brachten ihn soweit, dass der Mut in seinem Herzen schließlich wuchs und somit tötete er den Jungen. Er legte ihn zwischen die Holzbündel und brachte ihn ins Dorf. Als die Stiefmutter dies erfuhr war sie sehr glücklich. Mit

Freude zerlegte sie den Jungen in Stücke und warf diese in einen Topf um sie zu kochen. Dann schloss sie den Deckel. Während die Schwester noch immer auf die Heimkehr des Bruders wartete, wurde sie von ihrer Stiefmutter gerufen. Nach vielen Befehlen und Schlägen sagte die Stiefmutter zu ihr: "Bleibe in der Nähe des Topfes und schüre das Feuer darunter. Aber pass' auf - öffne nicht den Deckel. Wenn du es doch tust, sollst du mich kennen lernen!" Das Mädchen schürte das Feuer und dachte dabei an ihren Bruder: "Warum kehrt er nicht Heim?" fragte sie sich. Plötzlich brodelte es aus dem Topf. Sie nahm den Deckel ab und sah eine Hand mit dem Ring ihres Bruders am Finger. Heftig schlug sie die Hände an den Kopf und weinte und weinte. Nach einer Weile kam die Stiefmutter zurück und fragte erbost: "Warum heulst du?" "Das Feuer mag einfach nicht richtig brennen und von dem vielen Rauch tränen meine Augen", antwortete das Mädchen. Das gegarte Fleisch des Jungen wurde dann in mehrere Schüsseln gegeben und im Namen des Guten aus den Händen des Mädchens im Dorf verteilt. Als das Schwesterchen die Schüsseln verteilte, sagte sie zu jedem: "Bewahrt die Knochen dieses Fleisches für mich auf." Sehr früh am Morgen ging sie wieder hin um die Knöchelchen ihres Bruders wieder einzusammeln. Mit den gesammelten Knochen ging sie zum See und vergrub sie an dessen Ufer. Dabei flehte sie: "Ihr sollt zu einem Baum wachsen und erschafft mir einen Papagei auf diesem Baum. Aber wenn ihr bis morgen kein Baum geworden seid, dann grabe ich euch wieder aus und schmeiße euch in den See." Als das Mädchen am nächsten Morgen kam, sah sie, dass die Knochen zu einem Baum gewachsen waren und auf diesem Baum saß ein wunderschöner Papagei. Als das Mädchen das sah, war sie sehr glücklich, denn ihr Brüderchen hatte sich in diesen wunderbaren Vogel verwandelt. Sie sagte: "Brüderchen, erzähle mir: Was hast du erlebt und wer hat dich getötet?" Auf seine besondere Art und Weise begann der Papagei zu erzählen: "Der eigene Vater hat mich getötet, Stiefmutter hat mich zubereitet und gekocht, Schwesterchen hat meine Knochen gesammelt, am Seeufer vergraben, aus mir einen Papagei geschaffen und mich auf den Baum gesetzt." Unter dem Baum verlief ein Weg und jedem der vorbei kam sagte der Vogel: "Hör' mir zu, ich erzähle dir eine Geschichte." Er erzählte jedes Mal, was er erlebt hatte und wiederholte: "Der eigene Vater hat mich getötet, Stiefmutter hat mich zubereitet und gekocht, Schwesterchen hat meine Knochen gesammelt, am Seeufer vergraben, aus mir einen Papagei geschaffen und mich auf den Baum gesetzt." Seine Stimme wurde von jedem gehört und seine Worte verbreiteten sich im Tal, in allen Dörfern und in der ganzen Provinz. Die Leute waren entsetzt über das Geschehen und der

Papagei erzählte weiterhin jedem der es hören wollte seine Erlebnisse. Eines Tages berichtete er einem Ladenbesitzer von seiner Geschichte. Der Ladenbesitzer fragte: "Mein Papagei, was kann ich dir geben um dich zu trösten?" Der Papagei erwiderte: "Bringe mir ein paar Süßigkeiten und Gift" und so brachte der Mann ihm das Gewünschte. Zu dieser Zeit erfuhren die Stiefmutter und der Vater, dass ein Papagei über das grausame Geschehen sprach und sie dachten, dass, sobald die Leute das Geschehen erfahren würden, sie große Schwierigkeiten bekommen könnten. Und wieder plante die Stiefmutter, den Papagei für immer zum Schweigen zu bringen. Um ihn sich anzusehen, gingen sie zu ihm an den See, setzten sich unter den Baum und forderten den Vogel auf: "Papagei, erzähle uns deine Geschichte." Der Papagei sprach: "Der eigene Vater hat mich getötet, Stiefmutter hat mich zubereitet und gekocht, Schwesterchen hat meine Knochen gesammelt, am Seeufer vergraben, aus mir einen Papagei geschaffen und mich auf den Baum gesetzt." Als er seine Geschichte geendet hatte, sagte er: "Öffnet euren Mund und streckt euch zu mir." Zuerst warf er die Süßigkeiten in die Münder von Stiefmutter und Vater. Nach einer Weile sagte er abermals: "Öffnet euren Mund und streckt euch zu mir." Die beiden waren erstaunt, aber sie öffneten wieder den Mund und streckten sich ihm entgegen. Der Papagei warf zuerst in den Mund der Stiefmutter das Gift und dann auch in den Mund des Vaters. Beide starben sofort an Ort und Stelle und der Papagei und sein Schwesterchen waren von nun an von deren Grausamkeit befreit.

Der König,
seine sieben Töchter und Salz

Es war einmal, oder auch nicht, ein König, der sieben Töchter hatte. Immer wenn er in seine Privatgemächer zurückkam, rief er seine Töchter zu sich und fragte: "Wie sehr liebt ihr mich?" Jede einzelne der Töchter beantwortete diese Frage mit immer neuen Vergleichen. Nur die Jüngste sagte jedes Mal: "Ich liebe dich wie das Salz." Über diese Antwort war der König sehr verärgert, aber dennoch bekam er auf seine Frage immer die gleiche Antwort. Eines Tages gab der König seinen Dienern den Befehl in die Stadt zu gehen und einen kranken Mann zu suchen, der so schwach sein sollte, dass er weder laufen noch mehr etwas in Händen halten könne. Diener und Wachen gingen auf die Suche, bis sie einen solchen Mann gefunden hatten. Keiner wusste, dass dieser Kranke der Sohn eines Königs war, dessen Land weit entfernt lag. Die Traurigkeit über seine Krankheit hatte ihn dazu gebracht sein Land zu verlassen und verzweifelt betend lag er auf dem Boden, als die Wachen ihn fanden. So wurde er eilig zum König gebracht. Der König rief seine jüngste Tochter und sagte zu ihr: "Nimm' diesen Kranken auf deine Schultern", dann befahl er den Wachen: "Bringt diese beiden weit weg bis in die letzten Berge meines Reiches. Dann lasst sie dort alleine." Das arme Mädchen tat wie es der Vater verlangte und nahm den kranken Mann auf ihre Schultern. Die Wachen führten sie bis zu den weit entfernten Bergen, ließen die beiden dort zurück und langsam ging dieser Tag zu Ende und die Nacht brach heran. Es wurde immer dunkler und dunkler. Das Mädchen suchte eine Höhle und schleppte den Kranken hinein um dort die Nacht zu verbringen. Am nächsten Morgen brachte sie den Mann vor die Höhle und machte sich auf, Holz und Zweige zu sammeln, um diese im nächsten Dorf verkaufen zu können. Bepackt mit ihrem Bündel Holz musste sie lange laufen um das Dorf zu erreichen. Dort konnte sie das Holz verkaufen und von dem verdienten Geld etwas zu Essen besorgen. Ein wenig aß sie selbst um sich zu stärken, den Rest brachte sie zurück zu der Höhle, um das Essen mit dem Kranken zu teilen. Auch diese Nacht verbrachten die beiden in der Höhle und am nächsten Morgen setzte das Mädchen ihren kranken Freund in die wärmenden Sonnenstrahlen. Wieder ging sie los um Holz zu sammeln, wieder verkaufte sie ihr Bündel im Dorf und kehrte zur Höhle zurück. Auf diese Weise vergingen Tage und Nächte. Eines Morgens, als es schon sehr, sehr heiß war, legte das Mädchen den kranken Jüngling in den Schatten eines Baumes. Als sie sich dieses Mal mit einem Bündel Holz auf den Weg in das Dorf machen wollte und dabei wieder in die Nähe der Höhle kam, hörte sie Stimmen, die sich unterhielten. Verwundert darüber, zu wem diese Stimmen in dieser Einsamkeit gehören könnten, hielt sie inne und lauschte aus welcher Richtung sie kämen. Nach genauen hinhören war sie sicher, dass dieses Gespräch in der Nähe des kranken Mannes stattfand. Leise legte sie ihr Bündel auf die Erde, lauschte noch genauer, schaute vorsichtig nach dem Kranken und sah, dass dieser noch schlief. Aus einem Astloch des Baumes, in dessen Schatten der Jüngling schlief, lugte der Kopf einer Schlange hervor, die sich mit einem Wurm unterhielt, der aus der Nase des jungen Mannes gekrochen war, um sich auf dessen Gesicht zu sonnen. "Du Würmchen", sagte die Schlange, "warum hast du dir gerade einen so jungen Mann ausgesucht um dich in seinem Gehirn einzunisten? Jemand sollte kommen, ein wenig Tabak zermahlen und in seine Hände drücken. Dann könnte er den Tabak schnupfen, er würde niesen, so dass du herausfallen würdest, man dich zertreten könnte und der Junge würde gesund werden." Der Wurm erwiderte: "Du giftige Bestie! Schätze aus sieben Königreichen liegen unter deinem Baum versteckt. Jemand sollte kommen, viel Holz um deinen Baum verteilen, es anzünden und dich verbrennen lassen. Dann könnte man deine Schätze bergen und an die Armen verteilen." Die Tochter des Königs hatte jedes einzelne Wort dieses Gespräches belauscht. Sie nahm ihr Bündel und ging langsam in Richtung Höhle. Durch ihr Kommen aufgeschreckt, zog sich die

Schlange in ihr Astloch zurück und der Wurm kroch schnell wieder in die Nase des Kranken. Das Mädchen lief ins Dorf, verkaufte ihr Holz und kaufte von dem Erlös als erstes Tabak und dann noch etwas zu Essen. Eilig kehrte sie zur Höhle zurück, gab dem jungen Mann den gemahlenen Tabak und sagte ihm, dass er diesen schnupfen solle. Als er das tat, musste er so sehr niesen, dass der Wurm aus seiner Nase heraus fiel und sofort von dem Mädchen getötet wurde. Hiermit war der erste Schritt getan und langsam begann der Kranke sich zu erholen. In der Zwischenzeit sammelte das Mädchen alles Holz das sie nur finden konnte und stapelte es rund um den Baum. Als sie meinte genug gesammelt zu haben, zündete sie die Zweige an und der Baum brannte mitsamt seiner hütenden Bestie nieder, bis nur noch Asche übrig war. Nach einiger Zeit begann das Mädchen nach den Schätzen zu graben und nachdem der junge Mann mit jedem Tag gesünder wurde, beteiligte auch er sich an dieser Arbeit. Von den ersten Schätzen die sie fanden, bezahlten sie Arbeiter, die eine Mauer um diesen Ort bauen sollten, um ihr Geheimnis zu schützen und sie hatten auch genug Reichtümer gefunden, um sich danach noch ein Schloss bauen zu lassen. Irgendwann hörte auch der König davon, dass in seinem Reich ein Mann erschienen war, der wohl reich und mächtig sein musste, wenn er sich so ein Schloss bauen ließ. Sofort schickte er einen Boten um den Fremden zum Kampf aufzufordern. "Wir wollen sehen, wer der Mächtigere von uns beiden ist", ließ er ausrichten. Das Mädchen erkannte, dass die Botschaft von ihrem Vater kam und ließ antworten: "Lass' uns nicht gegeneinander kämpfen, sondern unsere Größe dadurch messen, welches Festmahl wir uns gegenseitig bieten können, um unseren Reichtum zu beweisen." Daraufhin schickte der König eine weitere Botschaft mit der Frage, wer das erste Festmahl geben solle. Die Tochter des Königs ließ antworten, dass es ihnen eine Freude wäre, ihn als erstes zu bewirten. Der König stimmte diesem Vorschlag zu. Das Mädchen bereitete viele verschiedene, köstliche Mahlzeiten für des Königs Gefolge zu, jedoch für den König selbst deckte sie einen eigenen Tisch. Als der König mit seiner Dienerschaft das Schloss erreichte, wurden sie willkommen geheißen und auch gleich zu den Tischen geführt. Als das Festmahl begonnen hatte, bemerkte der König mit jedem Bissen, dass dem Essen das Salz fehlte. Unzufrieden verzog er das Gesicht. Daraufhin lachte seine Tochter, die er nicht mehr erkannt hatte, und sagte: "Ohne Salz ist dieses Mahl besser!" Diese Bemerkung machte den König nachdenklich. "Ich verstehe dieses Rätsel nicht", sagte er erstaunt, "du hast so viele gute Mahlzeiten zubereitet, aber in keiner davon ist Salz. Das hat sicher etwas zu bedeuten. Erkläre es mir." "Warum fragst du mich das?", erwiderte die Tochter. "Du hast mich doch wegen dem Salz aus dem Haus gejagt und dieser junge Mann ist der kranke Mensch, den du mich hast tragen lassen." Als der König dieses hörte, wurde er sehr traurig. Demütig bat er seine Tochter um Verzeihung und übergab seinen Reichtum und sein Land diesen beiden guten Menschen. Die Prinzessin heiratete den Prinzen und beide lebten glücklich zusammen, bis an ihr Lebensende.

Der Jäger und die Hexe

Es lebte einmal, oder auch nicht, vor langer, langer Zeit ein Jäger in einem kleinen Dorf. Wenn dieser auf die Jagd ging, legte er oft weite Strecken durch Wälder und Berge zurück und er genoss diese Art zu leben. Eines Tages machte er sich wieder auf um zu jagen, aber er hatte kein Glück an jenem Tag und so führte ihn seine Suche nach einer passenden Beute immer tiefe in die Berge. Als er endlich etwas erlegen konnte und er sich hungrig daran machte aus der Beute ein Mahl zu bereiten, war es bereits Nacht geworden. Er hatte sein Feuer vor dem Eingang einer Höhle entzündet, in der er sich bereits ein Lager für die Nacht hergerichtet hatte. Als er jetzt am Feuer saß, sah er von Weiten eine Gestalt auf sich zukommen. Als die Gestalt näher kam erkannte er, dass es eine Hexe war, die sich, ohne ein Wort zu sagen, neben ihn an das Feuer setzte. Der Jäger versuchte ruhig zu bleiben und fing an sein Essen vorzubereiten. Er schnitt einen Streifen Fleisch ab um diesen zu braten und legte dann sein Messer beiseite. Da nahm die Hexe das Messer und schnitt sich ebenfalls ein Stück Fleisch ab um es über das Feuer zu halten. Als der Jäger sich ein zweites Stück Fleisch zurecht schnitt, tat die Hexe es ihm abermals nach. Was er auch tat, die Hexe tat das gleiche. Der arme Jäger überlegte fieberhaft, wie er sich von diesem gefährlichen Wesen befreien könnte.

Dann hatte er eine Idee. Er schnitt ein Stück Fett aus dem Fleisch und rieb sein Bein damit ein. Die Hexe tat ihm das sofort nach. Dann nahm der Jäger einen brennenden Ast aus dem Feuer und hielt ihn nahe an die eingeriebene Stelle. Als die Hexe ihm auch dieses nachmachte, war sie jedoch unvorsichtiger. Das Fett an ihrem Bein entzündete sich und die Hexe brannte lichterloh, bis nur noch Asche von ihr übrig war. So hatte sich der Jäger mit Klugheit und Voraussicht von der Gefahr befreit.

Sieben Schwestern

Es war einmal, oder auch nicht, ein Mann, der zwei Frauen hatte. Eine der beiden Frauen hatte sieben Töchter, die andere hatte gar keine Kinder. Wie das Schicksal es wollte, starb die Mutter der sieben Töchter plötzlich und unerwartet. So kamen die Halbwaisen in die Obhut der zweiten Frau. Diese hatte nach mehr oder weniger Zeit schon genug von den sieben Mädchen und wollte sie loswerden. Darum zwang sie ihren eigenen Mann dazu, sich um dieses Problem zu kümmern. Der Vater rief also seine Töchter eines Morgens zu sich und sagte: "Wir gehen heute in die Berge um Gurru zu pflücken." Gurru ist eine schwarzbeerenähnliche Frucht, die auf Bäumen nur in einer bestimmten Gegend dieses Landes wächst. Die sieben Schwestern liefen lange hinter ihrem Vater her, bis sie einen Hain von Gurru-Bäumen erreichten. Um seine Töchter hinzuhalten, kletterte der

Vater von einem Baum auf den nächsten, bis es bereits dunkel wurde. "Bleibt hier", sagte der Vater dann, "ich gehe kurz mich zu erleichtern." Mit dieser Lüge entfernte er sich von den Mädchen, hing seinen Umhang über einen Strauch um sie zu täuschen und lief davon. Die Kinder warteten darauf, dass ihr Vater wiederkäme, aber die Zeit verging, ohne dass er zurückkam. Die jüngste Tochter fragte schließlich: "Warum kommt Vater nicht zurück? Kommt, gehen wir ihn suchen." Sie liefen herum, bis sie des Vaters Umhang über dem Strauch fanden, der Vater jedoch blieb verschwunden. Ängstlich und traurig standen die Schwestern dann beisammen und überlegten, wie sie aus diesem Wald herausfinden könnten. Obwohl sie verschiedene Möglichkeiten diskutiert hatten, war es bereits zu dunkel um diese zu versuchen. So beschlossen sie, die Nacht unter den Gurru-Bäumen zu verbringen und fingen an, den Platz zu säubern und Sträucher zu entwurzeln, um diese als Schutz um ihren Schlafplatz zu legen. Da entdeckte eine von ihnen unter einem Strauch den Eingang zu einem unterirdischen Gang. Die Mädchen kletterten hinein, folgten dem Gang und kamen in eine Kammer. Diese war besser als Schutz vor den Gefahren des Waldes geeignet und so drängten sie sich, immer noch ängstlich, in eine Ecke, um dort die Nacht zu verbringen. Plötzlich ertönte ein Schrei vor dem Eingang und die Mädchen flüsterten sich zu, sich leise zu verhalten. Im nächsten Moment sprang ein großer Affe, offenbar der Anführer der Affen, in den Gang und eine Gruppe kleinerer Affen folgte ihm nacheinander. "Hier riecht es nach Mensch", sagte einer der Affen und der Anführer entgegnete: "Sei nicht albern! Was sollte ein Mensch hier zu suchen haben?" Als der Morgen graute, verließen die Affen die Kammer wieder einer nach dem anderen und die Mädchen atmeten auf. "Wie können wir uns von diesen gefährlichen Bestien befreien?" fragte eine der Schwestern. Es war wieder die jüngste und klügste der Schwestern, die auf folgende Idee kam: "Wir gehen jetzt sofort los und sammeln so viel Holz wie möglich. Dann machen wir in der Kammer ein großes Feuer. Wenn es gut brennt, stellen wir uns, jede mit einem starken Ast bewaffnet, in die Nähe des Eingangs. Wenn die Affen wieder einzeln herunter springen, können wir sie mit den Ästen schlagen und somit in das Feuer treiben, so dass sie verbrennen. Gesagt, getan. Als die Affen am Abend zurückkamen, waren die Mädchen bereit und prügelten zuerst den großen Häuptling der Affen und auch alle folgenden Affen der Gruppe in das Feuer, in dem sie verbrannten. Somit hatten sie diese Gefahr gebannt. Von nun an machten die Mädchen sich immer mehr mit der Gegend vertraut und fingen an, sich ihr Leben dort im Wald einzurichten. Eines Tages beschloss der König des Landes, Vater von sieben Söhnen, mit seiner

Gefolgschaft auf die Jagd zu gehen. Als er ein Rebhuhn erlegt hatte, gab er es einem Diener, der es braten sollte. Jedoch niemand hatte Feuer und so machte sich der Diener auf die Suche nach einer Möglichkeit ein Feuer zu entfachen. Als er in die Nähe der Gurru-Bäume kam, sah er schon von weitem Rauch aufsteigen. Erfreut darüber, offenbar eine noch brennende Feuerstelle gefunden zu haben, näherte er sich dem Hain. Erstaunt sah er, dass der Rauch aus einer Öffnung im Boden kam und er rief: "Ob ihr Menschen seid, oder welche Wesen auch immer, ich habe ein Rebhuhn für den König in meinen Händen und brauche Feuer um es zu braten." Die jüngste Schwester rief zurück: "Wir sind Menschen! Komm' nur herein." Die Schwestern nahmen dem Diener das Rebhuhn ab, rupften und säuberten es und legten es in die Glut. Dann sagten sie zu ihm: "Braten musst du es aber selbst." Doch der Diener war so sehr in seine Überlegungen vertieft, warum es in solcher Gegend, einen solchen Platz gab und woher wohl diese sieben Mädchen kamen, dass er das Rebhuhn auf dem Feuer fast vergaß und erst wieder darauf achtete, als die eine Hälfte schon verbrannt war. Erschrocken jammerte er: "Der König wird mich köpfen! Was soll ich jetzt tun?!" "Mache dir keine Sorgen", sagten die Schwestern. "Wir werden das Huhn so zubereiten, dass der König die verbrannte Stelle nicht bemerken wird. Aber du darfst niemanden erzählen, wer das hier draußen für dich gemacht hat." Der Diener antwortete: "Ihr ward so gütig zu mir, warum sollte ich Euch verraten?" Er versprach nichts von den Mädchen und ihrem seltsamen Wohnort zu erzählen und kehrte mit dem Rebhuhn zum König zurück. Der König wartete schon hungrig und fing sogleich an das Huhn zu essen. Schon bei den ersten Bissen wurde ihm klar, dass es seinem Diener unmöglich gewesen wäre hier in der Wildnis ein so vorzügliches Mahl zuzubereiten. Als er aufgegessen hatte sagte er zu dem Diener: "Verrate mir, wer dieses Huhn zubereitet hat. Willst du es nicht sagen, werde ich dich köpfen lassen." "Mein König", wimmerte der Diener, "bitte köpfe mich nicht. Ich will dich zu dem Ort bringen an dem dein Rebhuhn zubereitet wurde." So führte er den König zu dem Hain von Gurru-Bäumen und die gesamte Gefolgschaft des Königs folgte ihnen. Am Eingang rief der König: "Ich bin der König dieses Landes. Ob ihr Menschen seid, oder welche Wesen auch immer, kommt heraus!" Die Mädchen folgten diesem Ruf und kamen aus ihrer Behausung. Erstaunt besah der König sich die sieben Schwestern, die nun allesamt vor ihm standen und glücklich nahm er sie alle mit in sein Schloss, um sie mit seinen sieben Söhnen zu verheiraten. Und so begann ein glückliches Leben für die sieben, einst verstoßenen Töchter.

Der König und der Bettler

Es war einmal, oder auch nicht, ein König, der zwei Frauen hatte. Bisher hatte keine der beiden Frauen Kinder geboren und das machte den König sehr traurig. Eines Tages kam ein Bettler an die Tore des Schlosses und bat um Almosen. Diener und Dienerinnen brachten ihm verschiedene Gaben, aber alle lehnte er ab. Da kam der König selbst an die Tore und meinte: "Sage mir, was du wünscht und ich werde es dir geben." Der Bettler erwiderte: "Ich weiß, dass du keine Kinder, also auch noch keinen Thronfolger hast. Hier, nimm' meinen Wanderstock und gehe in deinen Garten zu dem Apfelbaum. Werfe ihn in die Baumkrone und es werden zwei Äpfel zu Boden fallen. Nimm sie und gebe sie deinen Frauen zu essen." Nach diesen Worten drehte sich der Bettler um und ging davon. Der verblüffte König blieb mit des Bettlers Wanderstock in der Hand zurück, besann sich dann aber schnell und ging direkt in den Garten zu dem Apfelbaum. Dort tat er, was der Bettler gesagt hatte und tatsächlich fielen zwei Äpfel herunter. So brachte er jeder seiner Frauen einen davon. Neun Monate später brachte jede der beiden einen Sohn zur Welt. Der König war überglücklich darüber und die Knaben wuchsen heran. Als sie sieben Jahre alt waren, kam der Bettler zurück an die Tore des Schlosses und bat erneut um Almosen. Der König kam und bot ihm viele wertvolle Dinge, aber der Bettler lehnte auch diese wieder ab. Schließlich sagte er zu dem König: "Gebe mir einfach alles zurück, was ich dir damals überlassen habe - also deine beide Söhne." Als der König dies hörte war er sehr verzweifelt, aber er hatte keine andere Wahl und brachte seine Söhne zu dem Bettler. Lange Zeit lief der Bettler voraus und die beiden Kinder folgten ihm. Sie durchquerten eine Wüste, deren staubiger Boden voller Dornengestrüpp war und mit verwundeten Füßen erreichten sie eine große Lehmhütte. Als sie eintraten sahen die Jungen mehrere Töpfen auf Feuern stehen, in denen Öl brodelte. "Kommt", sagte der Bettler, "laufen wir um die Töpfe herum." Aber die Kinder vermuteten, dass er sie bei diesem Spiel in das kochende Öl werfen würde und so entgegneten sie: "Geh' du zuerst, wir folgen dir." Als der Bettler also wieder voraus ging, griffen die Kinder ihn an und schafften es zusammen, ihn in einen der Töpfe zu werfen. Dann liefen sie davon, fanden den Weg zurück nach Hause und der König war sehr glücklich sie wieder in die Arme schließen zu können. Die Zeit verging und die Knaben wurden langsam erwachsen. Eines Tages machten sich die Beiden auf um zu jagen. Sie ritten sehr lange, bis sie endlich ein Reh entdeckten. Der Ältere rief: "Ich will es erlegen!" "Nein ich will es jagen", rief der Jüngere. Aber der Ältere setzte sich durch, legte an und schoss. Jedoch der Pfeil verfehlte sein Ziel, das Reh sprang davon und der Ältere der beiden Brüder folgte ihm. Das Reh sprang auf eine Mauer und der Jäger legte wieder an, doch abermals verfehlte er sein Ziel und das Reh sprang auf der anderen Seite der Mauer herab. Als der junge Mann mit seinem Pferd über die Mauer sprang, konnte er das Reh nicht mehr entdecken. Er stieg ab und schaute sich um, aber anstatt des Rehs sah er plötzlich eine wunderschöne Frau in einer Ecke sitzen. Sie rief ihm etwas zu und verwandelte ihn mit ihren Worten in einen Felsen. Der jüngere Bruder wartete vergeblich auf den Älteren und als es schon dunkel wurde ritt er zurück zum Schloss und berichtete seinem Vater, dass der Bruder verschwunden war. Der König ging mit vielen seiner Männer auf die Suche nach dem verlorenen Sohn, aber niemand konnte ihn finden. Nach einiger Zeit ging der jüngere Sohn des Königs wieder auf Jagd und als dieser wieder auf das Reh traf, folgte er ihm, bis auch er an die Steinmauer kam. Wieder sprang das Reh über die Mauer und der Königssohn folgte ihm. Auf der anderen Seite sah er, wie sich das Reh in eine Katze verwandelte. "Komm', spielen wir" rief ihm die Katze zu. Da zückte der Jüngling sein Schwert und hieb die Katze entzwei. In diesem Moment regten sich die Felsen in diesem seltsamen Garten und verwandelten sich zurück in junge Männer. Einen davon erkannte der Königssohn als seinen Bruder und glücklich nahm er ihn mit zurück nach Hause.

Die Geschichte von Tschuncha

Es war einmal, oder auch nicht, ein König, der sieben Söhne hatte. Der Jüngste von ihnen hieß Tschuncha und er war ein sehr kluges und aufmerksames Kind. Nach ihm folgte als letztes Kind eine Schwester und eines Tages sagte Tschuncha zu seinem Vater: "Unsere Schwester wird einmal eine gefährliche Hexe sein." Voller Wut schrie der Vater ihn an, er solle nie wieder einen solchen Blödsinn erzählen. "Wenn du mir nicht glauben willst", sagte Tschuncha, "erlaube mir dieses Land zu verlassen, aber ich nehme die beiden Hunde Ambur und Zambur mit." So ging er dann mit den beiden Hunden, bis er in ein anderes Land kam. Dort verliebte er sich nach einiger Zeit, heiratete und fing ein neues Leben an. In seiner Heimat jedoch entwickelte sich seine Schwester, wie einst von ihm vorhergesehen und als grausame Hexe fraß sie zuerst die Menschen aus der Stadt und der Umgebung, dann alle ihre Brüder und ihre Eltern und blieb somit allein in diesem Land zurück. Die Zeit verging und eines Tages sagte Tschuncha zu sich: "Ich sollte mal in das Land meines Vaters zurückkehren und sehen, was aus den Menschen dort geworden ist." Bevor er sein Heim verließ, stellte er zwei Schüsseln mit Milch auf und sagte zu seiner Frau: "Wenn du siehst, dass die Milch in den Schüsseln anfängt rot zu werden, lass sofort die beiden Hunde los." Dann machte er sich auf den Weg.

Unterwegs pflanzte er sieben Ahornbäume und sagte zu ihnen: "Werdet bitte groß und stark bis wir uns wieder sehen." Dann setzte er seinen Weg fort. Als er in die Stadt kam bemerkte er schon, dass die Strassen menschenleer waren und auch die Häuser schienen verlassen. Aufmerksam ritt er weiter und näherte sich langsam dem Schloss seines Vaters. Auch hier war zuerst niemand zu sehen, dann kam ihm seine Schwester entgegen. "Schön, dass du gekommen bist mein Bruder. Steig' ab von deinem Pferd und setze dich. Ich gehe und bringe dein Pferd in den Stall um ihm etwas Futter zu geben." So brachte sie sein Pferd weg und fraß hungrig eines seiner Beine. Als sie zurückkam, sagte sie: "Bruder, du bist mit einem dreibeinigen Pferd gekommen?!" "Ja", erwiderte der Bruder, "ich bin mit einem dreibeinigen Pferd gekommen." Hungrig und ungeduldig sagte die Schwester: "Warte hier, ich werde deinem Pferd noch etwas Wasser bringen." Sie ging und fraß das nächste Bein des Pferdes, kehrte schnell zurück und sagte: "Bruder, du bist mit einem zweibeinigen Pferd hierher gekommen?!" "Ja, ich bin mit einem zweibeinigen Pferd hergekommen", antwortete er. "Ich gehe noch mal zu deinem Pferd", sagte sie, verschwand und fraß auch die übrigen Beine des Pferdes. Als sie zurückkam sagte sie: "Bruder, du bist auf einem Pferd gekommen, das ohne Beine wohl auf der Brust robben musste?!" "Ja, da hast du recht", meinte der Bruder. "Ich will noch einmal nach deinem Pferd sehen", sagte die Hexe. "Gut so", antwortete Tschuncha. Die Schwester ging und fraß nun das gesamte Pferd und Tschuncha blieb wieder alleine zurück, verzweifelt überlegend, was er gegen die Hexe ausrichten könne. Als die Hexe zurückkam sagte er zu ihr: "Schwester, als unsere Mutter noch lebte hat sie immer ein Sieb genommen und mir damit Wasser aus dem Bach geholt." "Ich werde dir auch Wasser holen", meinte die Schwester. Dann legte sie eine Trommel vor ihn und sagte: "Hier, trommele doch ein wenig so lange ich weg bin um dein Wasser zu holen." So ging sie mit einem Sieb zum Bach und versuchte Wasser damit zu schöpfen, aber natürlich lief alles Wasser durch die Löcher des Siebes auf den Boden. Wie sollte man auch ausgerechnet mit einem Sieb Wasser transportieren?! Tschuncha hatte währenddessen angefangen zu trommeln, da schaute plötzlich eine Maus aus einem Mauerloch. Sie rief: "Hey du, junger Mann, warum sitzt du noch da? Lauf lieber schnell weg! Wenn die Hexe zurückkommt, wird sie auch dich auffressen." "Ja schon", erwiderte Tschuncha, "aber sie hat mir doch diese Trommel gegeben. Wenn ich aufhöre zu trommeln wird sie gleich zurückkommen um zu sehen wo ich bin. Was soll ich also tun?" Die Maus überlegte: "Ich könnte versuchen mit meinem Schwanz die Trommel zu schlagen, dann würde die Hexe es nicht bemerken wenn du verschwindest."

Froh über dieses Angebot nahm Tschuncha die Beine in die Hand und beeilte sich fort zu kommen. Die Hexe hatte inzwischen mehrmals versucht mit dem Sieb Wasser zu schöpfen, natürlich immer ohne Erfolg und nun war sie so wütend, dass sie das Sieb in hohen Bogen in das Wasser warf. "Warte nur bis ich zurück komme", knurrte sie vor sich hin, "ich werde dich fressen wie die anderen und meinen Bauch mit dir füllen." Als sie wieder beim Schloss ankam, sah sie, dass ihr Bruder verschwunden war und die Maus auf der Trommel saß und mit ihrem Schwanz trommelte. Wütend rannte die Hexe auf die Maus zu und wollte sie packen, aber die Maus war schneller und flüchtete zurück in das Mauerloch. Da riss die Hexe, tobend vor Wut, die gesamte Mauer nieder, bekam die arme Maus zu packen und schrie: "Sag' mir sofort wo er ist! In welche Richtung ist er gegangen?" Die Maus antwortete zitternd: "Ich zeige dir die Richtung, aber lass' mich leben." Als die Hexe die Maus losließ, schickte die Maus sie jedoch in die falsche Richtung. Die Hexe suchte die ganze Gegend ab, konnte ihren Bruder aber nicht entdecken. So ging sie zurück um die Maus zu finden. Diese hatte sich so schnell wie möglich wieder versteckt, aber die Hexe riss wieder alles nieder und zerstörte den halben Garten, bis sie die Maus wieder erwischte. "Sage mir nun ehrlich wo er hingegangen ist, oder ich reiße dir den Kopf ab", drohte die Hexe. Da wurde es der Maus doch bange und sie zeigte der Hexe den richtigen Weg. Diese lief los und bald schon sah sie Tschuncha in der Ferne und rannte ihm hinterher. Er kam gerade an die sieben Ahornbäume, die er gepflanzt hatte und die tatsächlich groß und stark gewachsen waren, da holte die Hexe ihn ein. Schnell kletterte er in die Baumkrone des ersten Baumes, aber die böse Hexe nahm ein Beil und begann den Baum zu fällen. Als der Baum schließlich kippte rettete sich Tschuncha durch einen Sprung in die Äste des zweiten Baumes. Die Hexe fällte auch diesen und wieder sprang Tschuncha in den nächsten Baum und so ging es weiter, bis er in der Baumkrone des siebten Baumes saß und die Hexe erschöpft Inne hielt. In diesem Moment erschien ein Schakal und sagte zu der Hexe: "Schwester, du bist schon müde. Gib' mir das Beil, die restliche Arbeit übernehme ich und du legst dich hin und ruhst dich aus." Die Hexe, die tatsächlich sehr müde war, gab ihm das Beil, legte sich hin und fiel sofort in tiefen Schlaf. Der Schakal schlug mit der scharfen Seite des Beils auf einen Stein und mit der stumpfen Seite auf den Baum. Als er das eine ganze Weile lang so getan hatte, warf er das Beil in einen See und verschwand. Als die Hexe aufwachte, sah sie, dass der Baum noch stand, Schakal und Beil jedoch verschwunden waren. Da ging sie an den See, legte ihre Lippen an das Wasser und trank den gesamten See aus. In dem trocken gelegten Becken sah sie sogleich das Beil, holte es zurück und begann wieder auf den Stamm des letzten Baumes einzuschlagen. Da kam der Schakal wieder zurück in die Nähe des Geschehens, wälzte sich ein wenig im Schlamm hin und her und auch auf der staubigen Erde und ging dann wieder zu der Hexe. Bei ihr angekommen sagte er: "Alte Frau, diese Arbeit ist zu schwer für dich, lass mich den Baum für dich fällen." "Geh' weg, verschwinde", schimpfte die Hexe. "Das gleiche hast du mir doch schon einmal gesagt und dann warst du mitsamt dem Beil verschwunden, das ich dann aus dem See holen musste." Der Schakal tat erstaunt und erwiderte: "Schau mich doch an, ich kann das nicht gewesen sein, denn ich bin gerade erst vorbei gekommen und sah dich arbeiten. Allein dir meine Hilfe anzubieten war mein Wunsch." Die Hexe schaute ihn genauer an und meinte: "Stimmt, der andere sah anders aus. Dann nimm' das Beil und fälle endlich diesen Baum." Der Schakal fing an mit dem Beil in das Holz zu schlagen, aber er schlug nur schwach zu und nach einer Weile wurde die Hexe ungeduldig, nahm das Beil wieder an sich und fuhr selber fort den Baum zu fällen. Zur gleichen Zeit im Heim von Tschuncha erinnerte sich dessen Frau plötzlich, dass sie doch die Schalen mit Milch hätte beobachten sollen. Sie ging nachsehen und stellte erschrocken fest, dass sich die Milch in beiden Schalen in tiefrotes Blut verwandelt hatte. Eilig ließ sie die Hunde los und diese rannten so schnell der

Fährte ihres Herren hinterher, dass ihre Pfoten die Erde aufwirbelte und man bald nur noch Staubwolken hinter ihnen sah. Als Tschuncha seine beiden Hunde erblickte, gab er ihnen den Befehl die Hexe anzugreifen. Ambur packte sie und warf sie in die Luft, dann biss Zambur zu und beide Hunde zerrissen die Hexe in kleine Stücke und fraßen sie auf. Einzig zwei Blutstropfen fielen dabei auf den Boden und als Tschuncha den Ort mit seinen beiden Hunden verlassen wollte, riefen die Blutstropfen ihm nach: "Bruder, nimm' uns mit, wir könnten dir nützlich sein." Tschuncha wollte diese Worte ignorieren und lief weiter, doch die Blutstropfen riefen abermals: "Nimm' uns mit, wir könnten dir noch nützlich sein." Da ging Tschuncha zurück, tat die beiden Blutstropfen in eine Schachtel und steckte sie ein, dann machte er sich auf den Weg nach Hause. Unterwegs begegnete ihm ein Hirte mit seiner Herde. Dem Hirten gefielen Tschunchas Hunde und so sagte er: "Lass uns wetten! Wenn du errätst, aus welchem Holz mein Hirtenstock gefertigt ist, bekommst du meine gesamte Herde. Wenn nicht, behalte ich deine Hunde." Tschuncha wollte sich zuerst nicht darauf einlassen, denn seine treuen Freunde waren ihm lieb und teuer. Doch der Hirte lockte: "Na komm' schon, versuche es, so schwer ist es nicht zu erraten." Da gab Tschuncha nach und nannte eine Holzart, aber sie war falsch. Dreimal insgesamt versuchte Tschuncha das Holz zu erraten, aber als er jedes Mal eine falsche Antwort gab, sagte der Hirte: "Jetzt hattest du genug Chancen, die Hunde gehören nun mir." Traurig ging Tschuncha ohne seine Hunde weiter, da riefen die Blutstropfen in der Schachtel: "Geh' zurück, wir wissen aus welcher Holzart der Stock des Hirten ist." Da lief Tschuncha zurück und sagte: "Jetzt weiß ich welches Holz das richtige ist." "Nun gut", sagte der Hirte, "wenn du dieses Mal Recht haben solltest, gebe ich dir deine Hunde und meine ganze Herde dazu, aber dies ist deine letzte Chance das Holz zu erraten." Tschuncha nannte das Holz, das die Blutstropfen ihm verraten hatten und der Hirte musste sein Versprechen einlösen. Glücklich ging Tschuncha nach Hause, holte seine Frau und zog mit ihr zurück in das Land seiner Geburt, das er mit seiner Kraft und Intelligenz langsam wieder aufbaute und somit die Arbeit seines Vaters fortsetzte.

Zwei Frauen

Es war einmal, oder auch nicht, ein Mann, der zwei Frauen hatte. Jede der beiden Frauen hatte nur eine einzige Tochter. Eines Tages sprachen die beiden Frauen miteinander und trafen eine Vereinbarung: "Wenn eine von uns beiden stirbt, soll die Tochter der Verstorbenen von der zweiten Mutter mit viel Liebe und Respekt behandelt werden." Nach diesem Gespräch verging eine lange Zeit. Aber Sterben ist das Recht der Lebenden und die Frau, die das damalige Gespräch begonnen hatte, starb, wie es das Schicksal wollte, auch als erste. Ihre Tochter wurde somit das Stiefkind der anderen Frau und konnte nicht mehr von der Liebe der eigenen Mutter erzogen werden. Für das Mädchen vergingen viele schwierige Tage und Nächte. Eines Tages machte sich die Stiefmutter ihre Gedanken und beschloss: "Was habe ich mit der Tochter dieser verstorbenen Frau zu tun? Was will ich mit ihr? Wofür brauche ich sie in diesem Haus? Sinnvoll wäre, ich gäbe sie außer Haus und fände Arbeit für sie." Durch falsche Anschuldigungen brachte die Frau den Vater schließlich soweit, dass er seine eigene Tochter als Hirtin arbeiten ließ. Zu essen bekam das Mädchen jeden Morgen nur einen in Asche gebackenen Fladen von der Stiefmutter in die Hand. Dann musste sie das Vieh holen und auf die Weide bringen um es dort zu hüten. Zusätzlich gab die Stiefmutter ihr noch große Mengen Wolle mit, welche sie zu Garn zu spinnen und als Garnknäuel wieder mit nach Hause zu bringen hatte. Das Mädchen ging also jeden Morgen sehr früh mit dem Vieh auf die Weide und kam erst sehr spät abends, in der Dunkelheit, mit dem gesponnenen Garn zurück nach Hause. Aber trotz anfänglicher Schwierigkeiten schaffte das Mädchen seine Arbeit und so verging die Zeit. Eines Tages, zur Mittagszeit, überkam sie großer Hunger und sie hatte den gebackenen Fladen bereits vor sich liegen, aber gedankenversunken saß sie nur da, redete laut mit sich selbst und weinte über ihr Unglück, während das Vieh in ihrer Nähe ruhte. Als sie sich wieder beruhigt hatte und die Tränen getrocknet waren, sprach eine Kuh zu ihr: "Freundin, hör' mir zu! Komm zu mir, höre meine Worte, aber sage niemanden was ich dir jetzt verrate: Ziehe aus meinem Kopf mein rechtes Horn heraus und du wirst eine Überraschung entdecken." Das Mädchen tat wie es die Kuh ihr gesagt hatte und zog das rechte

Horn heraus. Darin sah sie allerlei Speisen, schöne Kleider in vielen Farben und noch mehr. Das Mädchen war überglücklich! Schnell zog sie ihre zerlumpten Kleider aus und zog eines der neuen, schönen Kleider an, dann stillte sie ihren Hunger an den üppigen Speisen. Sie verbrachte den Rest des Tages voller Freude mit der wundersamen Kuh und umsorgte diese besonders dankbar und liebevoll. Als die Dämmerung kam, zog sie ihre schönen Kleider aus und schlüpfte wieder in ihre alten Lumpen. Dann steckte sie das Horn wieder zurück an den Kopf der Kuh und als es dunkel war brachte sie das Vieh wie immer nach Hause zurück. Jeden Tag verbrachte sie nun auf diese Weise und sie hatte sehr viel Spaß dabei. Eines Tages, zur Essenszeit, wehte der Wind sehr stark und er nahm das Garn, das vor dem Mädchen gelegen hatte, mit sich mit. Das Garnknäuel rollte immer weiter davon und sie rannte ihm hinterher. Der Wind wehte das Garn bis in eine Höhle und da sie Angst vor der Strafe ihrer Stiefmutter hatte, betrat sie die Höhle um nach dem Garn zu suchen. Tief unten in einem Abgrund sah sie ein Haus stehen und daraus rief eine Frauenstimme: "Tochter, willkommen! Es ist gut, dass du gekommen bist. Ich bin alt und krank. Mein Haus ist in großer Unordnung, denn ich konnte es nicht mehr sauber machen. Mache du es doch für mich sauber." Die Frau die dort gerufen hatte war eine Hexe, aber ohne lange zu überlegen, fing das Mädchen an das Haus zu putzen. In jedem Zimmer, welches es betrat, lagen die unterschiedlichsten Schätze, und Diamanten, aber das Mädchen berührte sie nicht einmal, sondern fegte nur die Zimmer mit dem Besen bis in die letzten Ecken. Nachdem sie mit ihrer Arbeit fertig war, ging sie zu der alten Frau. Diese lobte sie, zeigte auf zwei Stühle, von denen der eine aus Gold, der andere aus Holz war und sagte: "Tochter, setze dich auf den goldenen Stuhl." Aber das Mädchen setzte sich auf den Holzstuhl. Die Hexe war zufrieden und sagte weiter: "Tochter, geh' und setze dich auf die Schaukel." Die Hexe wusste, wenn das Mädchen aus dem Haus etwas gestohlen haben sollte, würde es durch das Schaukeln zu Boden fallen. Arglos ging das Mädchen zur Schaukel, und schaukelte voller Freude. Dadurch waren bei der Hexe alle Zweifel ausgelöscht. Das Mädchen sagte: "Alte Tante, ich möchte jetzt gehen, denn es ist schon spät." Die Hexe war dem Mädchen wohl gesonnen und sagte: "Halbwaise, Mädchen, lass mich auf deine Stirn schauen." Sie verzauberte sie und gab ihr vollkommene Schönheit. Dann ging das Mädchen zurück zu ihrer Herde. Spät abends, als sie unterwegs nach Hause war und ihr Vieh vor sich her trieb, waren alle Leute, die sie trafen, von ihrer Schönheit beeindruckt. Zu Hause angekommen, bemerkte auch die Stiefmutter die Veränderung an dem Mädchen und war erstaunt. Sie war sogar ziemlich wütend darüber, denn ihre eigene Tochter war sehr hässlich, obwohl diese es gut zu Hause hatte. Da fragte sich die Stiefmutter, wie es das Mädchen wohl geschafft hatte trotz ihres harten Lebens so schön zu werden. "Sicher wird ihr von jemanden geholfen" dachte sie bei sich und wollte dem Geheimnis auf die Spur kommen. Die Stiefmutter wusste nicht, dass es die Ehrlichkeit des Mädchens war, die es soweit gebracht hatte. Ihr fiel jedoch auf, dass das Mädchen eine bestimmte Kuh sehr liebevoll behandelte und überlegte sich, ob es da einen Zusammenhang zu der Schönheit des Mädchens geben könnte. So beschloss sie: "Ich schicke an Stelle des Mädchens meine eigene Tochter zur Arbeit, damit ihr das Gleiche widerfahren kann." Sie zog ihrer Tochter zerlumpte Kleidung an, gab ihr einen in Asche gebackenen Fladen und ein wenig Wolle in die Hände und schickte diese mit dem Vieh auf die Weiden. Nun ging also die eigene Tochter das Vieh hüten und das Mädchen musste mit der Stiefmutter zu Hause bleiben. Die neidische Frau wollte ja auch nicht, dass die Schönheit des Mädchens gesehen oder sich gar jemand in sie verlieben würde. So saß nun also die eigene Tochter in den Bergen und als diese Hunger bekam, fing sie an den in Asche gebackenen Teigfladen zu essen. Plötzlich kam eine Windböe und riss das Garn mit sich fort. Das hässliche Mädchen rannte dem Garn hinterher und dieses flog direkt bis zu dem Haus der alten Hexe. Wieder erklang deren Stimme: "Gut das du gekommen bist, Tochter.

Das Haus ist in Unordnung, mache es doch für mich sauber!" Da diese Tochter jedoch verwöhnt und behütet aufgewachsen war, geriet sie nun in Panik. Da rief die Hexe: "Hab' keine Angst Tochter, kehre nur einfach mit dem Besen mein Zuhause." Das Mädchen nahm den Besen in die Hände und fing an das Haus zu säubern. Auch sie sah die ganzen Schätze, Gold und Diamanten und war sehr erstaunt. Sie schaute sich um, ob sie von der Alten auch nicht gesehen werden konnte und versteckte Gold und Diamanten in ihrem Hosenbund und auch in ihrer Schürze. Dann fuhr sie fort lieblos die Zimmer zu fegen. Als sie fertig war, stellte die Hexe die zwei Stühle vor das Mädchen, den einen aus Gold, den anderen aus Holz und sagte: "Geh', setze dich auf den Holzstuhl." Das Mädchen ging hinüber und setzte sich auf den goldenen. Dann sagte sie zu der Alten: "Ich gehe jetzt." Die alte Hexe wollte jedoch noch wissen, ob das Mädchen was gestohlen hatte und sagte: "Setze dich doch noch auf die Schaukel und schaukle ein bisschen." Das Mädchen war nervös, da sie gestohlen hatte, aber sie tat, wie die Hexe es gesagt hatte. Durch das Schaukeln fielen einige der gestohlenen Schätze auf den Boden und die alte Frau nahm ihr auch den Rest wieder ab. Dann sagte sie zu der Diebin: "Schau zu mir." Das Mädchen schaute sie an und die Hexe verzauberte sie und machte sie noch hässlicher als sie vorher schon gewesen war. Das Mädchen ging zum Vieh zurück und die Kuh mit dem wundersamen Horn hatte das Garn gefressen. Weinend kam das Mädchen nach Hause und als die Mutter sie sah, war diese sehr überrascht und entsetzt. Sie fragte, was geschehen sei und die Tochter erzählte ihr alles. Die Mutter fragte weiter: "Und wo ist das Garn?" Die Tochter zeigte auf die Kuh und antwortete: "Da, diese Kuh hat mein Garn gefressen." Die Mutter, die ihre schöne Stieftochter ständig mit dieser Kuh gesehen hatte, dachte voller Wut darüber nach, die Kuh zu töten. Als sie abends das Mahl zubereitete, vereinbarte sie mit ihrem Mann, diese Kuh zu schlachten und sie legten auch gleich einen Tag dafür fest. Nachdem die Stieftochter das gehört hatte, war sie sehr unglücklich und konnte die ganze Nacht nicht schlafen. Früh morgens ging sie zu ihrer Kuh und erzählte ihr von der bevorstehenden Schlachtung. Die Kuh sagte: "Sei nicht traurig. Keiner kann mich töten. Aber du musst mir behilflich sein. Wenn sie kommen und meine Hufe zusammenbinden, um mich zu töten, bringe ein wenig Paprikapulver mit und halte es mir unter meine Nüstern. Aber sei vorsichtig, deine Stiefmutter darf davon nichts merken." Einige Tage später sollte die Schlachtung stattfinden und sie banden der Kuh die Hufe. Während der Vater und die Stiefmutter mit der Schlachtung anfangen wollten, hielt das Mädchen das Paprikapulver ihrer Kuh unter die Nüstern. Die Kuh musste niesen und die Stiefmutter, der Vater und alle anderen, die dabei waren, fielen dadurch in Ohnmacht. Die Kuh befreite sich und verschwand, aber das Mädchen wusste, zu welchem Platz die Kuh gegangen war und ab und zu ging sie, die Kuh besuchen. Eines Tages sah der Sohn des Königs, der zur Jagd war, das schöne Mädchen und er verliebte sich in sie. Er sagte zum König: "Ich habe mich in ein Mädchen verliebt und möchte sie heiraten. Sorge dafür, dass ich sie zur Frau nehmen kann." Der König ließ nach dem Vater der schönen jungen Frau rufen und bat um deren Hand. Der Vater willigte ein und ging zurück nach Hause, um dies alles seiner Frau zu erzählte. Diese war daraufhin so wütend, dass sie ihre Stieftochter grün und blau prügelte und das Mädchen musste dies über sich ergehen lassen. Der König ließ währenddessen die Hochzeit vorbereiten. Als alle Hochzeitsvorbereitungen abgeschlossen waren, begannen die Feierlichkeiten. Wieder verprügelte die Stiefmutter ihre Stieftochter und schloss sie in ein Körnerfass. Ihrer eigenen, hässlichen Tochter zog sie das Brautkleid an und setzte sie in die Brautsänfte. Während der Sohn des Königs seine Braut nach Hause geleitete, erschien ein Papagei, flog über die Brautsänfte und rief: "Die schöne Braut sitzt im Körnerfass und die hässliche Braut sitzt hier drin." Diese Worte sprach er auch in das Ohr des Königssohnes. Als dieser das vernahm, ließ er die Brautsänfte absetzen, schaute hinein und sah ein sehr,

sehr hässliches Mädchen in ihr sitzen. Schnell kehrte er mit der Brautsänfte zur Tür des Brautvaters zurück. Er ließ alle Dorfbewohner versammeln, zerrte die hässliche Tochter aus der Sänfte und zeigte allen, dass dies nicht seine Braut war. Dann holte er seine richtige Braut aus dem Körnerfass und setzte sie nun in die noch einmal und noch schöner mit Blumen verzierte Brautsänfte. Dann brachte er sie in das Königshaus und für das Mädchen begann ein neues, schönes Leben. Vor lauter Neid, Bitterkeit und Hass im Herzen starb die Stiefmutter kurze Zeit später.

Wir leben jetzt, sie lebten damals

Der grausame König und der ungläubige König

Vor langer, langer Zeit gab es zwei Könige. Den einen nannte man den Grausamen, den anderen den Ungläubigen. Der Ungläubige hatte sieben Söhne. Dem Grausamen waren von seinen Frauen dagegen immer nur Töchter geboren worden, die er aber immer sofort getötet hatte. Als wieder einmal eine seiner Frauen eine Tochter zur Welt brachte, schaffte sie es, ihr Kind rechtzeitig vor dem gnadenlosen Vater zu verstecken und eilig ließ sie eine unterirdische Behausung bauen, in der das Mädchen aufwachsen sollte. Die Tage vergingen und langsam wurde aus dem Mädchen eine junge Frau. Unter der Erde versteckt wuchs sie zu einer solchen Schönheit heran, dass man nirgendwo eine vergleichbare hätte finden können. Aber irgendwie hatte sich das Geheimnis um die Königstochter, die unter der Erde lebt doch herum gesprochen und so hörte auch der grausame König davon. Wutentbrannt machte er sich auf den Weg auch diese Tochter zu töten. Als er sie jedoch mit eigenen Augen sah, brachte er das nicht mehr übers Herz. Daraufhin sprach es sich im ganzen Land herum, dass der Grausame eine Tochter habe, deren Schönheit unbeschreiblich sei. In der Hoffnung dieser besonderen Frau einmal zu begegnen, war plötzlich jeder Mann des Landes auf den Beinen, lief mal hierhin und mal dorthin, war plötzlich sehr aktiv, nur um sich so viel wie möglich auf den Strassen aufhalten zu können. Der grausame König schickte seinen zuverlässigsten Diener mit viel Gold in weit entfernte Länder, um einen der besten Baumeister in sein Land zu holen. Dieser sollte in der Nähe des Grausamen ein Haus bauen, in dem genug Platz für seine Tochter, eine alte Frau als Betreuerin und noch sechs junge Dienerinnen sein musste, das aber durch seine Bauweise so verborgen sein sollte, dass niemand außer der König selbst und die Betreuerin den Eingang finden könne. Der treue Diener brachte den besten Baumeister dieser Zeit mit sich an den Hof und führte ihn sofort zu seinem König. Als die beiden dann vor dem Grausamen standen, sagte dieser zu dem Diener: "Deine Gehorsamkeit soll belohnt werden, aber nun gehe dich stärken und lass' uns allein." Der Diener tat wie ihm befohlen und entfernte sich. Als er die Tür hinter sich geschlossen hatte, wand sich der König dem Baumeister zu und unter vier Augen erläuterte er ihm seine Pläne. Der Baumeister schaffte es mit seinem Wissen und seiner Erfahrung tatsächlich ein Gebäude zu errichten, das allen Wünschen des grausamen Königs entsprach und schon bald zogen die Königstochter, die sechs Dienerinnen und die dem König treu ergebene alte Frau in das Haus. In der folgenden Zeit kamen viele Königssöhne an den Hof des Grausamen, um um die Hand seiner Tochter anzuhalten. Der grausame König jedoch sagte zu jedem von ihnen: "Jeder der meine Tochter heiraten will, muss zuerst drei Aufgaben erfüllen. Wenn er diese Aufgaben jedoch nicht erfüllen kann, werde ich ihn sofort köpfen, denn das Geheimnis welche Aufgaben zu lösen sind muss bewahrt bleiben und darf nicht außerhalb dieser Mauern gelangen. Die Aufgaben sind folgende: Erstens, es muss ein Stahlblock mit einem Beil aus Holz in Stücke geschlagen werden. Zweitens, ich kippe ein Fass voller Mohnkörner auf die Erde und verteile sie. Diese Mohnkörner müssen wieder eingesammelt werden. Sollte ein einziges fehlen, so gilt diese Aufgabe als nicht bestanden. Drittens, die Tür zu den Gemächern meiner Tochter muss von dem jungen Mann selbst gefunden werden. Meine Tochter wird nur den Mann heiraten, der diese Aufgaben bestehen kann." Immer wenn einer der Königssöhne sich auf diese Aufgaben einließ, führte der Grausame ihn zuerst zu dem Stahlblock und gab ihm das Holzbeil in die Hand. Wenn der Unglückliche dann versuchte mit dem Holzbeil auf den Stahlblock einzuschlagen, zerbarst das Beil, denn wie auch hätte ein Beil aus Holz einen Block aus Stahl spalten können. War diese Aufgabe also auf diese Art misslungen, wurde der junge Mann sofort von dem Grausamen geköpft und sein Kopf wurde, wie der vieler anderer, auf den Türmen des Schlosses zur schaurigen Schau gestellt. Von der schönen Königstochter, die man nur mit der Erfüllung einiger Aufgaben bekommen könne, hörten auch einige der Söhne des ungläubigen Königs. Der Älteste machte sich sofort auf den Weg in das Reich des Grausamen und stellte sich dem König vor: "Ich bin der älteste Sohn des Ungläubigen, König des benachbarten Reiches. Ich will deine Aufgaben erfüllen um deine Tochter heiraten zu können." "Lass' es sein", erwiderte der Grausame. "Dort oben auf den Türmen siehst du die Köpfe derjenigen, die es wie du versuchen wollten. Geh' und bleibe lieber am Leben, meine Aufgaben sind nicht zu erfüllen." "Nein, ich bin hierher gekommen also werde ich es auch versuchen", antwortete der Königssohn, aber auch er scheiterte bereits bei der ersten Aufgabe und opferte damit sein Leben. Um herauszufinden, was mit seinem Bruder geschehen war und um sich selbst an den Aufgaben zu versuchen, ging auch der zweite Sohn des Ungläubigen in das Reich des Grausamen und auch er kehrte niemals wieder zurück. Aber warum so lange darüber reden, am Ende hatten sechs Söhne des Ungläubigen ihr junges Leben auf diese Weise verloren und einzig der jüngste Sohn war dem ungläubigen König geblieben. Dieser gab den Befehl, dass niemand darüber sprechen dürfe, wie seine sechs Söhne umgekommen waren und niemand sollte mehr den Namen des grausamen Königs oder seiner Tochter erwähnen. Sein jüngster Sohn sollte, so wollte es der ungläubige König, nicht einmal erfahren, dass seine Brüder überhaupt umgekommen waren. Der jüngste Sohn des Ungläubigen war allerdings ein sehr frecher und ungezogener Junge und täglich ärgerte er die Wasser holenden Frauen, indem er ihre Tonkrüge mit der Steinschleuder zerschoss. Als die Frauen genug davon hatten, nahmen sie Gefäße aus Kupfer um Wasser zu holen, aber der Junge benutzte Pfeil und Bogen, um auch in diese Löcher zu schießen. Die Frauen hatten viel Geduld mit dem Königssohn und hielten sich an den Befehl des Königs ihn nicht mit der grausamen Wahrheit über den Tod der Brüder zu konfrontieren, aber eines Tages konnte eine Frau sich nicht mehr zurückhalten und schrie ihn an: "Bei uns spielst du den großen Helden, aber wenn du tatsächlich Mumm in den Knochen hättest würdest du losziehen um deine Brüder zu rächen. Dort würdest du schon sehen, ob du so stark bist wie du glaubst, oder ob auch dein Kopf rollen wird." Überrascht, aber äußerlich gefasst legte der Junge Pfeil und Bogen nieder und lief zurück ins Schloss. Als seine Mutter und die Dienerinnen verwundert über seiner frühe Rückkehr zu ihm traten, sagte er zu seiner Mutter: "Schnell Mutter, ich möchte auf der Steinplatte gebackene Maisfladen, aber nur von deinen Händen gemacht." Die Mutter ging, legte die Steinplatte auf das Feuer und begann Fladen für den Sohn zu backen. Als sie den ersten Maisfladen wenden wollte, ergriff ihr Sohn blitzschnell ihre Hand und presste sie auf die heiße Steinplatte. "Du sagst mir jetzt sofort, wohin meine Brüder gegangen sind und was mit ihnen passiert ist", rief er. Die Mutter schrie und versuchte ihre Hand frei zu bekommen, aber so sehr sie auch schrie, der Sohn hielt ihre Hand fest auf der heißen Steinplatte, bis sie die ganze Geschichte der sechs Brüder erzählt hatte. Daraufhin ging ihr jüngster Sohn los, um sich vorzubereiten. "Fertigt mir eine Weste an. Sie muss so geschneidert sein, dass man auf der Innenseite eine Goldmünze neben die andere stecken kann", ordnete er an. Dies war schnell geschehen und so zog er die mit Goldmünzen gefüllte Weste an, verabschiedete sich und verließ das Haus, um ebenfalls in das Reich des Grausamen zu ziehen und dessen Tochter für sich zu gewinnen. Unterwegs traf er einen alten Mann und er begrüßte ihn höflich und behandelte ihn mit großem Respekt. Der alte Mann fragte ihn: "Wohin gehst du, junger Mann?" Der Junge antwortete: "Ich bin der jüngste Sohn des ungläubigen Königs. Meine sechs Brüder sind alle, bei dem Versuch die Tochter des grausamen Königs zu gewinnen, verschwunden. Nun gehe ich den gleichen Weg und entweder ich werde diese Königstochter bekommen oder vielleicht werde ich auch geköpft." Der alte Mann sah ihn eine Weile nachdenklich an und sagte schließlich: "Ich werde dir nun ein paar Geheimnisse verraten. Wenn du gut aufpasst und meine Ratschläge befolgst, wirst du alle Aufgaben des Grausamen lösen können. Also hör' gut zu: Hier, nimm zuerst einmal diesen Ring und diese Schnur. Wenn du einen Stahlblock zerschlagen sollst, dann binde die Schnur um das Beil das man dir gibt. So wirst du auch den härtesten Stahl teilen können. Wenn ein Fass voller Mohnkörner vor dir ausgeschüttet wird, dann streife den Ring über deinen Finger und richte ihn unauffällig in Richtung der Körner auf dem Boden. Du musst aufpassen, dass niemand das bemerkt, denn der Ring wird dafür sorgen, dass sich die Mohnkörner von alleine sammeln und so kannst du sie ohne Erde oder Steine dazwischen, zurück in das Fass bringen. Nun das Wichtigste: Die Betreuerin der Prinzessin, die du begehrst, ist eine alte Frau, die drei Söhne hat. Einer davon heißt Momandi, der andere Sargari. Der dritte von ihnen ist schon seit langer Zeit verschollen. Wenn du in das Reich des Grausamen gehst, behaupte, dass du der verschollene Bruder von Momandi und Sargari bist. Merke dir diese Namen gut, denn nur so wirst du zu deren Familie und auch zu deren Mutter geführt. Diese alte Frau ist der Schlüssel auf deinem Weg zu der Königstochter. Und nun geh', möge nur Gutes auf deinem Weg liegen!" Der junge Königssohn legte einen weiten Weg zurück, bis er das Reich des Grausamen erreichte. Dort angekommen erzählte er jedem, dass er der Bruder von Momandi und Sargari sei und die Leute führten ihn zu dem Haus der Familie. Die alte Frau und die beiden Söhne waren überglücklich den verlorenen Sohn und Bruder wieder in die Arme schließen zu können, denn da der wirkliche Bruder von Momandi und Sargari schon als Kleinkind verschwunden war, konnten sie nicht wissen, wie er nach so langen Jahren wirklich aussah. Nach einiger Zeit fing der Junge an mit den beiden Brüdern, die beide Goldschmiede waren, zu arbeiten und von ihnen zu lernen. Irgendwann nahm er dann alles Gold, was in seiner Weste versteckt war und noch etwas Gold von den Brüdern und fertigte daraus eine Rüstung mit der ein Mensch, wenn er in sie hineinschlüpfte, aussah wie eine goldene Statue. Er zeigte sie Momandi und Sargari und sagte zu ihnen: "Ihr seid so arm, dass ich für euch ein wenig Geld sammeln möchte. Helft mir in diese Rüstung und schließt sie, dann bringt mich so in die Stadt. Dort werde ich als goldene Statue vor den Leuten springen und tanzen und sie damit so amüsieren, dass ihr sicher ein wenig Geld für dieses Schauspiel sammeln könnt. Aber natürlich dürft ihr nicht verraten, dass ein Mensch in der goldenen Statue steckt." Gesagt, getan. Der Junge schlüpfte in die Rüstung und die beiden Brüder brachten ihn als goldene Statue in verschiedene Straßen der Stadt. Wo auch immer er in dieser Verkleidung anfing herumzutanzen, bildeten sich kleine Menschentrauben mit begeisterten Zuschauern und die beiden Brüder sammelten so viel

Geld, dass sie sehr zufrieden waren. Eines Tages hörte auch die schöne Tochter des Königs davon und so sagte sie zu ihrem Vater: "Die Leute erzählen lachend von einer tanzenden Statue, die in den Straßen zu bewundern ist. Wenn wir schon so zurückgezogen leben müssen, dann bringe dieses Schauspiel doch hierher, damit wir auch ein wenig Abwechslung und Unterhaltung haben." Der grausame König konnte seiner Tochter keinen Wunsch abschlagen und so befahl er den beiden Brüdern ihre Statue in den Garten des verborgenen Hauses zu bringen. Die beiden warfen sich den Jungen in seiner Rüstung über die Schulter, stellten ihn in dem Garten ab, in dem die Prinzessin und ihre sechs Dienerinnen schon warteten und entfernten sich höflich. Der Junge hüpfte und tanzte als goldene Statue umher und amüsierte die Mädchen eine lange Zeit mit seinen Kunststücken, dann tat er so, als würde er wieder zur Statue erstarren und die beiden Brüder kamen um ihn abzuholen. Die Mädchen sprachen noch eine ganze Weile über diese gelungene Vorführung. Zu dieser Zeit begab es sich, dass die alte Betreuerin viele Blumen in den Gärten pflückte, um Kränze für die Mädchen daraus zu binden und auch, um die Prinzessin mit Blüten aufzuwiegen, denn damals sagte man, dass ein ungeküsstes Mädchen leicht wie Blütenblätter sei. Eines Tages sah der Sohn des Ungläubigen wieder einmal, dass die alte Frau Kränze aus den wundervollsten Blüten band und er fragte: "Mutter, was machst du eigentlich mit diesen Blütenketten?" Die alte Frau antwortete: "Diese Kränze bringe ich zu der Tochter des Grausamen und ihren Dienerinnen und jede von ihnen bekommt einen davon."

Einige Zeit später sehnte sich die Prinzessin wieder nach ein wenig Spaß und Abwechslung und so bat sie den Vater doch noch einmal die tanzende Statue bringen zu lassen. So kam es, dass der Sohn des Ungläubigen ein zweites Mal im Garten der Prinzessin seine Kunststücke vorführte und diesmal gab er sich noch mehr Mühe und war noch vielfach besser, als beim ersten Mal. Als Momandi und Sargari kamen um ihre Statue wieder abzuholen, sagte die Prinzessin: "Ach, lasst die Statue doch über Nacht hier im Garten stehen, dann kann sie uns morgen noch einmal erfreuen und dann erst nehmt ihr sie wieder mit." Die beiden Brüder sorgten sich ein wenig, ob ihr Bruder sich nicht verlassen fühlen würde, wenn sie sie ihn nun einfach da stehen ließen und sie fragten sich, ob er ihnen nicht Vorwürfe machen würde deswegen, aber sie hatten auch keine andere Wahl als dem Wunsch der Königstochter zu folgen. Der Junge in der goldenen Statue aber freute sich sogar über diese Gelegenheit. Momandi und Sargari gingen also alleine nach Hause und der junge Königssohn blieb als Statue im Garten stehen. Er musste eine lange Zeit warten, bis es im Haus endlich still geworden war und die Bewohner in tiefen Schlaf gefallen waren. Erst dann schlüpfte er aus seiner goldenen Rüstung und sah sich genauer um. Leise schlich er zum Haus und fand die Tür, durch die die Prinzessin verschwunden war. Vorsichtig öffnete er sie und sah die wunderschöne Königstochter friedlich schlafen. Da trat er zu ihr hin und gab ihr einen sanften Kuss auf die Wange. Danach stand er noch lange neben ihr und beobachtete sie in ihrem Schlaf. Dann schlich er leise zurück in den Garten und stellte sich wieder in seine Rüstung. Als die Prinzessin am nächsten Morgen aufwachte, fühlte sie sich seltsam schwer und wunderte sich darüber, dass ihr selbst das Aufstehen Schwierigkeiten bereitete. Und tatsächlich, als sie das nächste Mal mit Blüten aufgewogen wurde, war sie schwerer geworden. Einige Zeit später sah der Sohn des Ungläubigen die alte Betreuerin mit Blumenkränzen in der Hand und er fragte: "Mutter, wohin gehst du mit diesen Kränzen?" Wieder erklärte sie ihm: "Sechs davon sind für die Dienerinnen der Königstochter, den siebten lege ich der Prinzessin selbst als Schmuck um den Hals." Da bat der Junge: "Bitte gib' mir den siebten Blütenkranz, den für die Prinzessin, ich möchte ihn noch schöner machen." Die alte Frau war einverstanden und der Königssohn verzierte den Kranz mit großer Mühe, machte ihn noch schöner und üppiger und schaffte es, ein kleines Bild seines Gesichts heimlich mit in den Kranz zu knüpfen. Als die Betreuerin dann gehen wollte um die Kränze in das Haus der Prinzessin zu bringen, gab er ihr die siebte Blütenkette und sagte: "Wenn jemand fragt wer diese Kette gefertigt hat, sage einfach, du hast eine kranke, kahlköpfige Tochter zu Hause, die das gemacht hat." Als die alte Frau im Haus der Königstochter angekommen war und ihre Blumenkränze verteilte, war die Prinzessin sehr beeindruckt von ihrem wunderbaren Stück und sie fragte: "Wer hat dieses wunderschöne Gebinde angefertigt?" Da antwortete die alte Frau tatsächlich, dass es von ihrer kranken, kahlköpfigen Tochter stamme. Sofort meinte die Prinzessin, dass die Betreuerin ihre Tochter am nächsten Tag unbedingt mitbringen müsse und die alte Frau verließ das Haus voller Sorge und mit einem reichlich schlechten Gewissen ob der Lüge, denn woher sollte sie bis morgen eine Tochter finden, die gar nicht existierte?! So kam sie denn nach Hause und als der Sohn des Ungläubigen sie freudig begrüßte, erzählte sie ihm von dem Problem, vor dem sie jetzt stand. "Mach' dir keine Sorgen", sagte der Junge, "ich werde mich einfach ein wenig verkleiden und als deine Tochter mit dir gehen. Ich versichere dir, dass die Prinzessin nichts merken wird." Am nächsten Tag rasierte der Junge ein paar Stellen an seinem Kopf und schminkte sein Gesicht so, dass es weiblicher aussah. Dann zog er Frauenkleider an und ging mit der Betreuerin zum Haus der Königstochter. Als die Prinzessin die beiden begrüßte, hatte sie eine Ahnung, dass mit dieser Tochter irgendetwas nicht stimmte und auch ihr Gesicht kam ihr so bekannt vor, aber sie entschloss sich, sich nichts anmerken zu lassen. Nach ein paar Tagen ging der junge Königssohn endlich zu dem grausamen König und sagte: "Ich bin der jüngste Sohn des ungläubigen Königs und ich bin heute hierher gekommen um deine Tochter für mich zu gewinnen." Darauf antwortete der Grausame: "Lass' es sein, die Köpfe deiner sechs Brüder liegen schon auf meinen Türmen. Also geh' lieber und behalte dein Leben, meine Aufgaben sind nicht zu erfüllen." Der Sohn des Ungläubigen aber erwiderte: "Nein, ich bin nun hier, ich will es auch versuchen. Wenn ich es nicht schaffen sollte kannst du mich meinetwegen auch köpfen." Der Grausame meinte: "Nun, wenn du es unbedingt versuchen willst, werde ich dich nicht daran hindern." So führte der König den Jungen zu dem Stahlblock und erläuterte ihm die drei Aufgaben. Dann drückte er dem jungen Mann das Holzbeil in die Hand, schüttete das Fass mit Mohnkörnern aus, verteilte sie auf dem Boden, drehte sich um und verließ den Platz. Der Sohn des Ungläubigen nahm die Schnur des alten Mannes, wickelte diese um das Beil und schlug damit auf den Stahlblock, der daraufhin in tausend Stücke zerbrach. Dann ging er zu den Mohnkörnern hinüber, schaute sich um, ob ihn auch niemand beobachtete und steckte sich den Ring des alten Mannes an den Finger. Als er seine Hand dann in Richtung Boden hielt, erschienen tausende Ameisen und schnell nahm jede Ameise ein Mohnkorn und brachte dieses zurück in das Fass, bis auch das letzte Korn aufgelesen war. Dann verschwanden die Ameisen wieder und bald darauf sahen einige Bedienstete des grausamen Königs, dass die ersten zwei Aufgaben offenbar erfüllt worden waren. Sie benachrichtigten den König und dieser kam sofort über den Hof gerannt, um sich mit eigenen Augen davon zu überzeugen. Wütend bemerkte er, dass der Stahlblock zertrümmert war und als er das Fass mit den Mohnkörnern wiegen ließ, musste er zugeben, dass kein einziges Korn fehlte. "Und nun", sagte der Sohn des Ungläubigen, "bringe ich dich zu deiner Tochter!" Der junge Mann ging voraus und der König folgte ihm. So lief der Königssohn schnurstracks zum Haus der Prinzessin und brachte den König bis in ihr Zimmer, in dem sie ihren beiden Besuchern erstaunt entgegen blickte. Dort sagte der Königssohn: "Deinem Versprechen nach habe ich jetzt deine Tochter und deinen Reichtum. Aber du hast meine sechs Brüder getötet, also sage mir, was ich nun mit dir tun soll." Der Grausame antwortete: "Tatsächlich liegt mein Leben oder mein Tod nun in deinen Händen, also tue was du für richtig hältst, auch wenn ich dadurch sterben muss." Der Königssohn tötete den grausamen König nicht, aber er nahm sein Messer, durchtrennte dessen Sehnerven und machte ihn dadurch blind. Mit einem großen Fest heiratete der Sohn des Ungläubigen die Tochter des Grausamen und mit dessen Reichtum kehrte er zurück in das Reich seines Vaters. Dort waren seine Eltern vor Kummer und Trauer um den tot geglaubten jüngsten Sohn erblindet, aber als sie nun seine Stimme hörten, waren sie so voller Freude und Glück, dass das Licht in ihre Augen zurück kehrte.

Der Kahlköpfige,
der aus dem Jenseits zurück kam

Es war einmal, oder auch nicht ein sehr armer kahlköpfiger junger Mann. Jeden Tag ging er mit den Freunden aus seiner Umgebung zum Beten. Einmal saßen die Freunde nach dem Gebet zusammen, unterhielten sich über ihre Wünsche und kamen zu dem Schluss, dass sie in ihren Gebeten um alles bitten dürften, nur nicht darum ein König sein zu wollen. Der Kahlköpfige jedoch beendete jedes seiner Gebete mit dem innig vorgetragenen Wunsch, Gott möge ihm zum Herrscher eines Königreiches machen und eines Tages hörten seine Freunde ihn diesen Wunsch wieder am Ende seines Gebetes aussprechen. Daraufhin fingen sie an ihn zu schlagen und jagten ihn so lange, dass er sich schon weit von seinem Ort entfernt hatte, als sie endlich von ihm abließen. In seine Gedanken versunken lief der kahlköpfige junge Mann einfach weiter, ohne auf seinen Weg zu achten, da sah er plötzlich ein gesatteltes Pferd am Rande des Weges stehen, auf dem, in sich versunken, eine wunderschöne junge Frau saß. Das Mädchen war die Tochter eines Königs, die von dem Sohn eines anderen Königs entführt worden war. Dieser Königssohn hatte sich gerade ein wenig von der Prinzessin und seinem Pferd entfernt um sich zu erleichtern, da schaute der Kahlköpfige sich schnell um, sprang auf das Pferd, trieb es mit einem lauten "Tschu" an und entführte dem Entführer damit die reich geschmückte Schönheit. Tatsächlich war diese schöne junge Frau aber eine Elfe und die Tochter des Elfenkönigs. Sie war so in Gedanken gewesen, dass sie noch gar nicht gemerkt hatte, dass sich ihr Entführer verändert hatte. Aber nun bemerkte sie einen anderen Duft an dem Menschen, der vor ihr im Sattel saß, sie entschied sich jedoch dafür dennoch ruhig zu bleiben und sich ihrem Schicksal zu fügen, egal was da noch kommen würde. Erst als sie nach einer ganzen Weile an einem kleinen Bach vorbei kamen, sagte sie: "Ich habe Durst. Gib' mir bitte etwas zu trinken." Sofort brachte der Kahlköpfige das Pferd zum stehen, stieg ab, nahm aus dem Gepäck das an dem Pferd befestigt war eine Schale und holte damit Wasser aus dem Bach. Dankbar nahm das Mädchen die Schale, die er ihr reichte und als sie diese leer getrunken hatte, sah sie plötzlich einen

Rubin auf dem Boden des Gefäßes liegen. Das Mädchen zeigte dem Kahlköpfigen was sie gefunden hatte und dieser nahm den Rubin und steckte ihn ein. Dann ritten sie weiter und legten noch einen weiten Weg zurück bis sie ein anderes Königreich erreichten. Dort angekommen wollten sie ein wenig rasten und ausruhen und so hielten sie an einem Platz, an dem zwei Jungen spielten. Als der Kahlköpfige näher trat sah er, dass die beiden mit Diamanten spielten und er sagte zu ihnen: "Wenn ihr wollt, werde ich euch zeigen, ob diese Diamanten echt sind oder nicht." Neugierig drückten ihm die Jungen ihre Diamanten in die Hand und alle zusammen liefen zum nächsten Goldschmied. Dieser testete die Steine, indem er mit einem Hammer auf sie schlug und ihre Härte prüfte. Der Diamant des ersten Jungen, der der Sohn des Königs war, hielt dem Test stand. Als der Goldschmied auf den Stein des zweiten Jungen, dem Sohn des königlichen Beraters, schlug, zerfiel der Stein in viele, kleine Stücke. Der Königssohn war sehr glücklich über seinen echten Diamanten, der Sohn des Beraters war dagegen natürlich enttäuscht und beide liefen zu ihren Vätern um die Geschichte zu erzählen, während der kahlköpfige junge Mann und die Prinzessin wieder zu ihrem Rastplatz zurückkehrten. Als die beiden Jungen ihren Vätern alles berichtet hatten, war der König sehr erfreut, der Berater allerdings war ziemlich verärgert. Der

König sagte zu seinem Sohn: "Das muss ein kluger Mann sein, dem du da begegnet bist. Ich möchte ihn als meinen Berater. Geh', suche ihn und bringe ihn hierher." Der Königssohn lief los und rannte so schnell er konnte zurück, um den Fremden zu suchen. Als er den Kahlköpfigen gefunden hatte lief er zu ihm hin und sagte: "Mein Vater der König möchte euch kennen lernen, ich überbringe dir hiermit seine Einladung." So folgten der Kahlköpfige und die Prinzessin dem Jungen und als sie am Hofe des Königs ankamen, gab dieser für seine Besucher ein schönes Fest. Als die Feier langsam zu Ende ging, wand sich der König an den kahlköpfigen jungen Mann und sagte zu ihm: "Du scheinst ein kluger Mann zu sein und daher möchte ich dich zu meinen Berater machen. Grund und Haus wirst du von mir bekommen, damit du dir hier in diesem Reich ein Heim einrichten kannst." Der Kahlköpfige war sofort einverstanden, denn in seinen Gebeten hatte er doch immer darum gefleht ein König sein zu dürfen und der Berater eines Königs zu sein war doch ein erster Schritt in diese Richtung. Der alte Berater des Königs dagegen war sowieso schon wütend gewesen, dass jemand mit so einer dummen Geschichte um echte oder unechte Diamanten, die Gunst des Königs auf sich ziehen konnte. Als er nun hörte, dass er in Zukunft mit dem Kahlköpfigen zusammen arbeiten müsse und der König diesen ebenfalls zum Berater ernannt hatte, war er erst recht neidisch und voller Hass. So beschloss er, dass er den Kahlköpfigen auf irgendeine Art und Weise vernichten würde. Mit diesem Hintergedanken im Kopf ging er eines Tages zum König und sagte zu ihm: "Ein langes Leben sei dir geschenkt, mein König. Dein Ruf als Herrscher dieses Reiches ist groß, doch dein Ansehen könnte noch wachsen, wenn du auf die vier Pfosten deines Bettes, vier Rubine setzen würdest." "Nun gut", erwiderte der König, "dann finde doch einen Weg solche Rubine zu bekommen und diese Idee zu verwirklichen." Daraufhin sagte der alte Berater listig: "Wir haben doch nun einen neuen, jungen Berater, der sogar echte von unechten Diamanten unterscheiden kann. Der wäre doch für diese Aufgabe geeignet." "Das könnte stimmen", antwortete der König, "so schicke den neuen Berater zu mir." Der Berater ging zu dem Kahlköpfigen und rief ihm zu: "Du, neuer Berater, der König will dich sehen." Schnell lief der Kahlköpfige daraufhin zum König und dieser sagte zu ihm: "Neuer Berater, ich möchte, dass du vier Rubine für mich findest, mit denen ich die vier Pfosten meines Bettes verzieren kann." Der Kahlköpfige verbeugte sich gehorsam und antwortete: "Ich werde mich sofort auf die Suche machen." Dann ging er besorgt und in Gedanken versunken nach Hause. Als er dort nachdenklich in einer Ecke saß, fragte ihn die Prinzessin: "Warum siehst du so besorgt aus?

Macht dir etwas Kummer?" "Ach, was soll ich dir erzählen", antwortete der Kahlköpfige. "Der König möchte, dass ich vier Rubine für ihn finde. Hätte er nur nach einen gefragt, so hätten wir diesen schon gehabt um ihn ihm zu geben. Aber wo soll ich gleich vier Rubine herbekommen?" Da sagte die junge Elfe zu ihm: "Das ist doch kein Problem! Geh' doch einfach zu dem Bach, an dem du das Wasser für mich geschöpft hast. Wenn wir dort einen Rubin gefunden haben, dann gibt es dort vielleicht ja auch noch mehr davon." Sofort ging der Kahlköpfige zu seinem Pferd, schwang sich in den Sattel und mit einem lauten "Tschu" ritt er davon in Richtung des Baches. Als er dort angekommen war, machte er sich auf die Suche und tatsächlich fand er einige Rubine. Da sagte er zu sich selbst: "Wenn ich vier Rubine für den König mitnehmen soll, warum sollte ich nicht auch noch welche für mich selbst sammeln? Vielleicht sollte ich auch gleich die Quelle suchen, durch die die Rubine in den Bach geraten." Er lief eine lange Strecke den Bach entlang, immer auf der Suche nach der vermuteten Quelle, bis er plötzlich zu der Tür eines Hauses kam. Das Haus schien verlassen und neugierig öffnete der kahlköpfige Mann die Tür und trat ein. Im Inneren entdeckte er überrascht Mengen von verschiedensten Schätzen und als er sich weiter umsah, kam er zu einem reich verzierten Bett, auf dem ein sehr altes Buch lag.

Vorsichtig öffnete er es und im gleichen Moment strömte ein schimmernder Strahl aus den Seiten des Buches und vor ihm erschien eine wunderschöne Frau. Diese sagte zu ihm: "Guter Mann, von wo kommst du hierher? Gleich kann der riesenhafte Zyklop zurückkommen und wird uns beide in Stücke zerreißen. Schnell, geh' weg von hier und verstecke dich." "Keine Sorge", erwiderte der Kahlköpfige, "sage mir lieber zuerst, wie du in die Hände eines Zyklopen fallen konntest." "Schau' mich doch an", antwortete die schöne Frau, "wenn er es will, dann gibt er mir menschliche Gestalt und wenn er weg geht schließt er mich in dieses Buch und ich bleibe dort gefangen." Da sagte der Kahlköpfige nach kurzer Überlegung: "Ich werde mich hier irgendwo verstecken. Wenn der Zyklop nach Hause kommt, fange ein Gespräch mit ihm an. Sage ihm, dass du Angst hast, wenn er dich in dieses Buch einschließt, weil du niemals wissen kannst, ob nicht ein anderes Wesen ihn dort draußen verletzt oder getötet haben könnte und du dann für immer gefangen wärst. Warten wir dann ab, was er antwortet. Vielleicht verrät er dir seine Geheimnisse und vielleicht verrät er damit sogar einen wunden Punkt, den wir nutzen könnten um dich zu befreien." Der Kahlköpfige suchte sich also ein Versteck, das ihn gut vor dem Riesen verbergen würde und als der Zyklop am Abend nach Hause kam, bemerkte er nichts Ungewöhnliches und nahm sogleich das Buch in die Hand, das der Kahlköpfige wieder geschlossen und auf das Bett zurück gelegt hatte. Als er es öffnete erschien wieder die schöne Frau und der Zyklop begann mit ihr seine Spiele zu treiben. Da fing das Mädchen an mit dem Zyklopen zu reden, so wie es der Kahlköpfige vorgeschlagen hatte. Sie sagte: "Ich habe heute etwas auf dem Herzen, das ich mit dir besprechen möchte. Du gehst doch tagsüber immer weg und sperrst mich in dieses Buch und ich habe mich gefragt, was wohl mit mir passieren würde, wenn dir einmal etwas zustoßen sollte. Was ist, wenn du eines Tages verletzt oder getötet würdest. Müsste ich dann nicht für alle Ewigkeit in dem Buch auf deinem Bett liegen bleiben?" Der Zyklop antwortet: "Darüber solltest du dir keine Sorgen machen, mich kann niemand töten. Mein Sterben ist einzig in diesem Beil dort verborgen. Man müsste schon Haare aus meiner Brust reißen, diese an dem Beil befestigen, den Baum vor diesem Haus damit fällen und den Stamm danach spalten. Dann würde man einen weißen Stein darin finden, den man ebenfalls zerstören müsste. In dem Stein befindet sich ein goldener Käfig mit einem Papagei und erst wenn man diesen Papagei getötet hätte, wäre auch ich getötet." In dieser Nacht wartete das Mädchen, bis der Zyklop in tiefen Schlaf gefallen war. Dann begann sie vorsichtig einige Haare aus seiner Brust zu reißen und versteckte diese schnell unter dem Bett. Als der

Zyklop am nächsten Morgen das Haus verlassen hatte, kam der Kahlköpfige schnell aus seinem Versteck und befreite die schöne Frau aus dem Buch. Das Mädchen gab ihm die Haare, die sie versteckt hatte, dann befestigten sie diese an dem Beil und der Kahlköpfige ging hinaus, um den Baum zu fällen, von dem der Zyklop gesprochen hatte. Als er den Baum gefällt hatte und den Stamm spaltete, kam tatsächlich ein weißer Stein zum Vorschein. Als der junge Mann den Stein berührte, spürte der Zyklop ein Fieber in sich aufsteigen und er begriff, dass er dem Mädchen zu viel verraten hatte und sie oder jemand anderes es geschafft haben musste an den weißen Stein zu kommen. Schnell wollte er zum Haus zurückkehren, aber inzwischen hatte es der Kahlköpfige geschafft auch den Stein zu zerstören und der Zyklop wurde schwächer und schwächer, stolperte, stürzte immer wieder und kam nur noch langsam voran. In dem Moment, als er das Haus und den Baum erreichte und sich auf die Beiden stürzen wollte, hatte der Kahlköpfige bereits den Hals des Papageis gepackt und im letzten Moment riss er diesem den Kopf ab und mit dem Tot des Papageis, brach auch der Zyklop zusammen und starb. Mit dieser Tat waren der Kahlköpfige und das schöne Mädchen von dem grausamen Riesen befreit und beide waren sehr glücklich darüber. Der kahlköpfige Mann schaute sich dann um, nahm alles mit was er gebrauchen konnte und auch die schöne junge Frau nahm er dann mit sich und brachte sie zu sich nach Hause. Dort angekommen fiel ihm ein, dass er den Auftrag mit den Rubinen inzwischen völlig vergessen hatte, aber es war schon zu spät um zurück zu reiten und auch der König und sein alter Berater hatten seine Ankunft bereits bemerkt. Sofort schickte der König den alten Berater los, damit dieser den neuen Berater holen sollte und nachdem der Kahlköpfige auch gleich zum König geeilt war und man sich begrüßt hatte, fragte der Herrscher auch gleich: "Und nun mein neuer Berater sage mir, ob du meine Rubine finden konntest oder nicht." Der Kahlköpfige antwortet: "Ja mein König, ich habe Rubine für dich gefunden, aber sie liegen noch bei mir zu Hause." Als er dann zurück in sein Heim kam, saß er wieder traurig und in Gedanken versunken in einer Ecke und die Elfenprinzessin kam zu ihm und sagte: "Du solltest glücklich sein. Schau' mich doch an, ich bin an deiner Seite, nun hast du noch eine andere Schönheit in dein Haus gebracht und du bist sogar der Berater des Königs geworden. Also warum sitzt du so traurig hier?" Da erwiderte der Kahlköpfige: "Ja, natürlich hast du Recht, aber in den Augen des Königs werde ich bald ein Lügner sein. Da habe ich ihm die Rubine versprochen und du sagst mir sogar noch wo ich sie finden kann und dann bringe ich allen möglichen Kram und sogar eine Frau mit und lasse das wichtigste liegen." Darauf erwiderte die Elfenprinzessin: "Über Kleinigkeiten solltest du dir nicht so viele Gedanken machen. Das alles ist doch kein Problem. Wenn der König vier Rubine haben wollte, dann sollten wir ihm noch mehr geben, damit der Hunger in seinen Augen gestillt wird. Nimm' eine Schale und bringe mir frisches Wasser aus dem Brunnen." Schnell ging der Kahlköpfige zu dem Brunnen und brachte das Wasser zu der Elfenprinzessin. Diese nahm eine Nadel, stach sich in den kleinen Finger und ließ ihr Blut in das Wasser tropfen und da plötzlich war die ganze Schale voller glänzender Rubine. Da war der Kahlköpfige sehr erleichtert. Er nahm die Schale mit den Rubinen und trug sie in den Palast, in dem der König gerade mit dem alten Berater zusammen saß und beide waren überrascht über so viele, schöne Steine. Zum Dank gab ihm der König den Status des ersten Beraters, schenkte ihm nun also sein vollstes Vertrauen und noch mehr Macht und der alte Berater bebte innerlich vor Zorn und Neid. Noch wütender überlegte er sich, mit welcher List er den Kahlköpfigen loswerden könne. Mit einer neuen Idee kam er einige Tage später zum König und sagte: "Wäre es nicht schön, wenn jemand Blumen aus dem "Heram", dem geheimen Garten der Elfen holen könnte? Wenn man diese neben dein Bett stellen würde, würde dein Ansehen noch wachsen." "Gute Idee", sagte der König, "und wer soll die Blumen holen?" "Wir haben doch den neuen Berater, der kann das doch sicher", antwortete der alte Berater. Und so schickte der König wieder einmal nach seinem neuen Berater und als dieser kam erklärte der König ihm seinen neuesten Wunsch. "Gut mein König", sagte der Kahlköpfige daraufhin, "ich werde den Garten der Elfen für dich suchen und dir die gewünschten Blumen bringen." Dann ging er nach Hause und saß wieder nachdenklich in einer Ecke, als seine erste Frau zu ihm kam und sagte: "Bis heute habe ich dich in diesem Haus niemals lachen sehen. Was ist passiert, das du dir schon wieder Sorgen machst?" "Ach was soll ich dir erzählen", antwortete der Kahlköpfige, "der König will nun Blumen aus dem Heram haben. Aber ein Mensch kann doch nicht wissen, wo der versteckte Garten der Elfen ist. Ich weiß ja nicht einmal, wo ich suchen sollte." Da sagte die zweite Frau, die er von dem Zyklopen gerettet hatte: "Mach' dir keine Sorgen, das ist ganz einfach. Suche nur zwei junge Männer. Diese bindest du Rücken an Rücken zusammen und setzt sie so auf einen Esel. Dann bringst du sie zu mir und wenn ich über diesen Anblick lachen muss, dann werden um dich herum die Blumen des Elfengartens erscheinen und du kannst schnell einen Strauss davon pflücken." Der Kahlköpfige ging auf den Markt und kam nach einer Weile mit einem Esel zurück, auf dem zwei Jungen Rücken an Rücken festgebunden waren. Als die schöne Frau das sah, lachte sie so sehr, dass tatsächlich überall rund um den Kahlköpfigen Blumen erschienen. Schnell pflückte er einen großen Strauss und brachte diesen zum König. Natürlich war der König begeistert von der Zuverlässigkeit seines neuen Beraters und der alte Berater wurde dadurch nur immer neidischer. Was sollte er noch tun? Wenn er seinen Einfluss nicht ganz verlieren wollte, musste er endlich einen Weg finden, diesen neuen Berater aus dem Weg zu schaffen. Einige Tage später, als er mit dem König zusammen saß, sagte er zu ihm: "Weißt du mein König, ich mache mir Gedanken um unsere Toten. Eigentlich wissen wir doch gar nicht, ob es unseren verstorbenen Vorfahren nun gut geht. Wir sollten versuchen eine Botschaft von ihnen zu erhalten." "Da gebe ich dir Recht", antwortete der König, "aber wie sollten wir menschliche Wesen es schaffen eine Botschaft aus dem Jenseits zu erhalten? Das ist unmöglich!" "Vielleicht nicht", meinte da der alte Berater. "Wir haben doch nun den neuen Berater, der schon so einiges geschafft hat was unmöglich erschien. Sicher würde er auch diese Aufgabe irgendwie bewerkstelligen." "Na dann hole den neuen Berater hierher", befahl der König und als der kahlköpfige junge Mann vor ihm stand, sagte der Herrscher: "Wir wollen wissen, wie es unseren Verstorbenen geht. Bringe uns eine Botschaft von ihnen." Der Kahlköpfige erwiderte: "Warum denn auch nicht. Aber zuerst gehe ich nach Hause um mich vorzubereiten, dann komme ich zu euch zurück und ihr könnt mir die Fragen nennen, die ich den Toten überbringen soll." Verzweifelt über die so unlösbar erscheinende Aufgabe ging er dann zurück in sein Haus und setzte sich wieder in eine Ecke um nachzudenken. Die beiden Frauen kamen zu ihm, sahen sein nachdenkliches Gesicht und fragten: "Was macht dir nun schon wieder Sorgen, dass du wieder so still bist?" Der Kahlköpfige seufzte: "Bisher konnten wir alle Wünsche des Königs erfüllen, waren sie auch noch so ungewöhnlich. Aber nun will er, dass ich Botschaften von den Toten bringe." Darauf erwiderten die beiden Frauen: "Mach' dir keine Gedanken, wir wissen wie du das schaffen kannst. Du gehst zuerst zum König und seinem alten Berater und sagst ihnen, dass sie Briefe für die Toten schreiben sollen, in denen sie fragen können was sie wissen möchten. Dann soll der König anordnen, dass so viel Holz wie möglich in das große Haus, außerhalb des Ortes gebracht werden soll. Dieses Holz muss für ein Feuer aufgeschichtet werden und darüber soll man eine Schaukel hängen. Du musst ihnen auch sagen, dass du dich auf die Schaukel über dem Feuer setzten wirst, um die Antworten der Toten übermitteln zu können." Der Kahlköpfige ging und sagte dem König und dem Berater alles genau so, wie es die Frauen ihm gesagt hatten. Der alte Berater war hocherfreut über diese Nachricht, denn er dachte, dass diese den sicheren Tod für den neuen Berater bedeuten würde. Er selbst überwachte das Sammeln des Holzes und den Bau der Schaukel und absichtlich wählte er für die Schaukel morsches Holz und dünne Stricke, damit sie so schnell wie möglich in Flammen aufgehen würde. Etwas später waren die Briefe geschrieben und dem Kahlköpfigen übergeben worden und das Feuer mit der Schaukel war vorbereitet. So versammelte sich eine neugierige Menschenmenge an dem Haus und der König ließ das Feuer entzünden. Als es gut und hoch brannte, sprang der Kahlköpfige von der Schaukel hinein in die Flammen. Der alte Berater jubelte innerlich! Endlich hatte er es geschafft den lästigen neuen Berater zu vernichten und jetzt, nach dessen Tod im Feuer, könnte er auch dessen wunderschöne Frauen und seinen Reichtum nehmen. Doch die Frauen des Kahlköpfigen waren beide Elfen und sie erschienen dem Kahlköpfigen im Feuer, umarmten ihn und ließen ihn verschwinden. Dann versteckten sie ihn, beantworteten die Briefe und sagten zu ihm: "In ein paar Tagen wirst du diese Antworten zum König bringen. Dazu solltest du sagen, dass die Toten, mit denen du gesprochen hast, große

Sehnsucht nach ihren Familien haben. Sage ihm, dass seine Familie und die Familien aller Berater sich um ein großes Feuer versammeln sollen, um selbst ihre Ahnen besuchen zu können. Der König soll so viel Brennholz sammeln lassen, wie er nur kann und wenn es entzündet ist, sollen alle sich im Kreis darum aufstellen und auf deinen Befehl hin in die Flammen springen. Dann werden diese gierigen und machthungrigen Menschen endlich ihr Urteil bekommen." So geschah es. Der Kahlköpfige ging einige Tage später zurück zum Hof des Königs und überbrachte die Briefe. Als der König und der alte Berater erstaunt ihre Briefe gelesen hatten, waren sie glücklich und traurig zugleich, ob der rührenden Nachrichten ihrer Toten und der König fragte den Kahlköpfigen: "Haben die Toten auch zu dir gesprochen? Haben sie noch etwas gesagt?" "Ja", sagte der Kahlköpfige und erzählte daraufhin das, was die Elfen ihm geraten hatten. Sogleich gab der König den Befehl alles Holz zu sammeln, das man zur Verfügung hatte und schon bald loderte ein riesiges Feuer auf einer Lichtung außerhalb des Ortes. Der König und seine Berater versammelten alle ihre Familienmitglieder um das Feuer, um auf Befehl des Kahlköpfigen hineinzuspringen, denn nach seinem Wiedererscheinen auf dem Hof des Königs war der neue Berater nun als "der Kahlköpfige, der aus dem Jenseits zurück kam" bekannt geworden und man vertraute seinen Worten. Als das Feuer am höchsten brannte, gab der Kahlköpfige den Befehl und alle sprangen in das Feuer und ihre Körper verbrannten, bis nur noch Asche übrig war. Damit wurde der kahlköpfige junge Mann zum König dieses Reiches und somit waren seine Gebete, für die er einst sein Land verlassen musste, doch erhört worden.

Wir sind auf dieser Seite und die auf der anderen

Kurze Informationen
über die Sprache Paschai

Paschai ist eine alte indoeuropäische Sprache, die noch heute in vier Provinzen Afghanistans gesprochen wird. Die Menschen dieser ethnischen und sprachlichen Gruppe sind als friedlich, kontaktfreudig und anpassungsfähig bekannt. Dennoch bekamen sie nie wirklich Gelegenheit sich zu integrieren und gelten als Minderheit, obwohl in Afghanistan schätzungsweise über 200.000 Menschen Paschai sprechen. Auch die Märchen aus dieser Sprache wurden nur in ganz bestimmten Regionen erzählt und sind daher noch weitgehend unbekannt.

Die erste Sammlung dieser Märchen wurde von dem Dichter M.A. Lamwal zusammengestellt und in der Original-Sprache Paschai veröffentlicht.

Mit dem hier vorliegenden Buch in Deutsch wurden zum ersten Mal einige dieser Märchen in eine andere Sprache übersetzt.